Nagai Kafu and Philosophy of Resignation

永井荷風に学ぶ諦めの哲学

諦めの哲学（抄）および関連論考

鈴木文孝
Suzuki Fumitaka

以文社

はじめに

本書は、旧著『諦めの哲学』の前半部の二章、すなわち「永井荷風『冷笑』における「諦め」の章と「くりこみ理論と諦めの哲学」の章を基幹に据えて、併せて、自著『永井荷風の批判的審美主義――特に艶情小説を巡って』の「近代文学の巨匠と素粒子物理学の巨匠の接点を求めて」の章より、若き日の荷風の落語家修業をテーマにした論考を抄録した、著者の荷風研究を締めくくる自選作品集である。なお、巻末に〔結び〕として、自著『カントに学ぶ自我の哲学』より小論「荷風『冷笑』における諦めの哲学――比較哲学的考察の地平を求めて」を収録した。

私は、岩波書店版、第二次「荷風全集」(稲垣達郎、竹盛天雄、中島国彦編)が刊行された前後に荷風の文学作品についての研究を始めて、『諦めの哲学』に先行して、『若き荷風の文学と思想』『永井荷風の批判的審美主義』をまとめたが、それら二冊の荷風研究書においては、『冷笑』について主題的に考察するに至っていなかった。『永井荷風の批判的審美主義』の執筆を終えた後暫く期間を置いて、右記「荷風全集」第七巻(一九九二年、二〇〇九年第二刷)を購入して、同巻に収録されている、『冷笑』を始めとする作品を繙読して《諦めの哲学》の研究を思い立って、

『諦めの哲学』を執筆し、同書第一章で『冷笑』における《諦めの哲学》について考察した。《諦めの哲学》という言葉について言えば、私は、四十代後半からこの言葉を用いてきた。四十代半ばを過ぎた頃、私は二〇世紀後半における素粒子物理学の進展について勉強することを思い立って南部陽一郎著『クォーク』（講談社ブルーバックス）を繙読して、朝永振一郎博士が《くりこみ理論》に関連して「放棄の原理」――《諦めの哲学》――を語られたということを学んだ。そして、その頃まとめた著書『共同態の倫理学――カント哲学及び日本思想の研究』の中で、本居宣長の思想について論述する際、私は南部博士の『クォーク』の15「朝永・シュウィンガー・ファインマンのくりこみ理論」の「あきらめの効用――くりこみ理論」の節の、「放棄の原理」についての記述を引用させていただいている。その頃、私はカント研究から日本思想の研究への方向転換を模索していた。荷風文学に巡り合う以前のことである。

旧著『諦めの哲学』の前半部の二章、すなわち、永井荷風『冷笑』について考察した第一章と《くりこみ理論》における《諦めの哲学》について考察した第二章とは、緊密な関連を有する。荷風の『冷笑』を繙いて、私が《諦めの哲学》を学ぼうと思い立ったのは、南部博士の著書で、朝永振一郎博士の《くりこみ理論》の基底に「放棄の原理」が据えられていることを学んでいたからであった。したがって、本書には『諦めの哲学』の第一章と第二章を、本書の第一章、第二章として収録し、併せて、『永井荷風の批判的審美主義』の「近代文学の巨匠と素粒子物理学の巨匠の接点を求めて」の章より、青春期の荷風の落語家修業に関して論述した「青春期の荷風の落語家修業」および「『雪の日』について」の、初めの二節を抄録して、本書の第三章「雪の日の回想」とした。

　私が「文学の巨匠荷風散人と物理学の巨匠朝永振一郎博士の接点を求めて」というテーマを着想したのは、『永井荷風の批判的審美主義』の起稿時に、南部陽一郎博士、益川敏英博士、小林誠博士が二〇〇八年度のノーベル物理学賞を受賞されたことによってであった。その翌年の春、江沢洋編、南部陽一郎『素粒子論の発展』（岩波書店）が刊行されて、同書に収録されている論考を繙いて、朝永博士の《くりこみ理論》と《諦めの哲学》のつながりについて、また、《諦めの哲学》の意義について、多くのことを学ぶことができた。

　私が最初に目に留めた両巨匠の接点は、荷風散人と朝永博士が、昭和二十七年十一月三日、一緒に文化勲章を受章していることであった。また、朝永博士が落語の愛好者だったことは広く知られているが、私は荷風の作品を繙くようになって初めて、荷風には、青春期、落語家修業に励んだ時期があったことを知った。それらのことを手掛かりにして、私は『永井荷風の批判的審美主義』の中で、両巨匠の接点についての自分なりの探索を試みた。『諦めの哲学』をまとめる際には意識していなかったが、本書の第一章、第二章に収録した、同書の前半部の、荷風散人の諦めの哲学について考察した第一章と朝永博士の《くりこみ理論》について考察した第二章とは、『永井荷風の批判的審美主義』の「近代文学の巨匠と素粒子物理学の巨匠の接点を求めて」というテーマを共有している。

昭和三十四年四月、私は、朝永振一郎博士が学長を務める、当時の東京教育大学（現在の筑波大学）に進学した。入学式には父が付き添ってくれた。父は、朝永博士の学長訓示に感銘を受けた様子であった。上京して間もなく届いた母の手紙には「我が家の大学生、ガンバレ。」と書いてあった。私が志学の意思を固めた時期のことである。上京時、私が東京で知っていた町は、中学校の修学旅行で訪ねたことのある浅草だけだった。東京で暮らし始めて、折々に、浅草の町を訪ねた。浅草は、私にとって東京で一番馴染み易い町だった。そして、浅草は、晩年の荷風がこよなく愛好した町である。私はその頃、隅田川周辺・浅草界隈を舞台にした、荷風の作品に親しんでいる。当時を思い起こしてみると、「近代文学の巨匠と素粒子物理学の巨匠の接点」の探求は、私にとって、自分の志学の原点に立ち返ることを促がす課題であるように思われる。私に「哲学すること」（カント）を促がす、永遠の課題であるように思われる。

本書の刊行に際しましては、以文社の前瀬宗祐氏に御尽力いただきました。同社代表取締役に就任されて御多忙の中、本書の編集を担当してくださいました。記して感謝申し上げます。

二〇一九年六月十六日

鈴木文孝

凡例

一　永井荷風の作品から引用する場合には、岩波書店版、第二次「荷風全集」を使用することとし、（　）内の・の上に同全集の巻数を記し、・の下にその巻のページを記す。例えば、（七・三）は、当該箇所が、同上「荷風全集」第七巻三ページからの引用であることを示す。作品から引用する際、最初の引用箇所で作品の発表年月日、発表誌名、又は同上全集で底本にされている書名を表示することとする。その際、作品の末尾に識日が記されている場合には、（　）内にその識日を表示することとする。作品の発表年月日については、同上全集では作品の発表年月日は西暦と和暦が併記されているが、それに記されている和暦のみを（　）内に表示することとする。

二　引用に際しては、原則として、ルビは省略することとする。引用文中の最後の句読点は、原則として、省略することとする。引用文中の段落の区切りは、／で示すこととする。なお、引用文中の省略箇所を示す際、文頭での省略箇所に限って……で示すこととする。

三　引用文中に語句等を補足する場合には、その箇所を〔　〕に括って補足することとする。

四　横書きの文章を縦書きで引用する場合、句点、読点を縦書きの文章で使用される句点、読点に換え、英文で用いられる二重引用符をかぎカッコに換えることとする。なお、引用文献中に（　）又は〔　〕

に括って語句が補足されている場合、その箇所の文字のサイズを、（　）又は〔　〕の外の文字のサイズに合わせた場合がある。欧語の引用符は、本書で用いる引用符に統一した。

五　以上の他、引用箇所での漢字の字体を「印刷標準字体」に換えるなど、本書の表記法に統一した場合がある。

永井荷風に学ぶ諦めの哲学　目次

永井荷風に学ぶ諦めの哲学——諦めの哲学（抄）および関連論考

第一章　永井荷風『冷笑』における「諦め」

第一節　「八笑人」の閑談会の企画――「笑ふ」ということ

『小説冷笑』（明治四三年五月一八日、左久良書房）の「一　淋しき人」は、「小山銀行の頭取をしてゐる小山清君は此頃になつてます〳〵世の中を愚なものだ、誠に退屈なものだと感じ出した」（七・三）という書き出しで始まっている。そこには、次のような記述が認められる。「彼は近頃にMoucheと題するモオパツサンの短篇小説に接した後、瀧亭鯉丈の八笑人を読で一種面白い対照を感じた。いつでも此が此世の笑ひ納めだと云ふやうに能く笑つて騒ぐ巴里の若人が六人寄つて、野郎ばかりでは面白くないからと、誰が捜し出して来たものか一人の女を見付け出して其に梶取りをさせて、セーヌ河をば漕いで廻る。これは江戸の泰平に永き日を暮しかねた人達が、強て突飛な事件を作り出しては笑つて見やうとした。清は外はつまらず内は淋しい生涯をば、どうかして斯う云ふ風に笑つて見る事は出来ないものかと坐ろに思つた」（七・八）。『冷笑』に登場する笑人は、八人ではなくて、銀行頭取・小山清、小説家・吉野紅雨《こうう》、狂言作者・中谷《なかたに》丁蔵、商船事務長・徳井勝之助、南宗画家・桑島青華の五人である。「一　淋しき人」には、「清はされば、江戸の八笑人の如く、巴里の若人の如く笑ひたい、笑ふ相手を見出したいと心には思つても、心に思ふと同時に、到底そんな事が事実自分の生涯に現れるものぢやないと冷嘲して居る。*」（七・九）という記述が認められる。『冷笑』には、「八笑人」という言葉が繰り返し現れるけれども、『冷笑』の笑人の閑談会には、瀧亭鯉丈の『花暦八笑人』に登場する「八笑人」に合わせて八人のメンバーを揃える必要はなかったのである。モーパッサンの *Mouche* におけるように六人でもよかったし、また、五人でも、七人でもよかったのである。ちなみに、紅雨が清に宛てた最初の書状には、「逗子にてお目にかゝり候節お話しに相成候昔の八笑人に類する御趣向至極小生も奇妙と存じ申し候万一速急に八人を集め得ず候はゞ五人か七人にてもよろしく候へば是非近々の中に同志相寄りて一夕の閑談に清興を得たしと存じ候」（七・二〇）と書き記されている。『冷笑』の、少なくとも、小山清が「十一月半ばの暖かい晴れた日曜日の朝」（以下、七・一〇）「逗子の別荘」から「一人で逗子の浜辺をぶら〳〵歩いて行つ〔て〕」、「束ねた藁のいくつとなく乾してある砂山の上に昇つて、枯れた草の上に腰を下し〔て〕」（七・一二）「生き残つた蟲の音」（七・一三）に聴き入っているとき、不意に、全く面識のなかった小説家・吉野紅雨に巡り合い、清が辟易するのを構わずに、紅雨が自分の審美的思想を滔々と弁じたてる場面が叙述されている「二　虫の音」以下の各章においては、笑人たちの閑談——極めて超俗的な談話——が展開されているが、閑談会の形で閑談が催されるのは、最終章「十五　珍客」に至ってである。その閑談会は、小山清の邸宅の食堂——「其れにつゞいた隣の客間と共に、主人の清が外国から帰つて来た当時の趣味によつてすつかり純西洋式に建てられた」（七・一八一）食堂——で催された。しかし、〈五笑人〉の中、中谷丁蔵と桑島青華の二人は、そこに姿を現さない。閑談会の発起人である、清と紅雨が、遅れて来着した勝之助に語っている場面の叙述を引用しよう。「「……実は今夜皆なで寄合つて何か面白い相談をしやうと思つて居るんですがね。」（紅雨の言葉——引用者）／「いつかの八笑人の話ですか。いゝでせう。はゝゝゝは。」と勝之助は笑ひながら杯を下に置いて、「大勢おいでになるのですか。」／「後二人来る筈ですが……。」と紅雨はまた時計を気にした。／「吾々とは全く種類の違つた人ですよ。非常な対照が出来るわけだ。」／「どう云ふ人です。」／「一人は芝居の狂言作者、一人は日本の画家……。」／「江戸頽廃期の耽美的平民趣味の代表者に、其れから、何と云つたら好いか知ら、貴族的孤立主義の楽天家で同時に温厚篤実な君子……。」と紅雨が云加へた。／（略）」（七・一七九）。待ちあぐねている清の許へ、中谷から手紙が届いた。清は言う。「中谷君は来られないとさ。頻に違約の罪を詫びてゐる。西洋料理の御馳走をすると云つてやつたんで、趣味に合なかつたのかも知れない」（七・一八〇）。そうこう語り合っているところへ、今度は青華から手紙が届いた。清は、以下のように言う。「さすがは世俗を超越した向島の先生〔＝青華〕だ。自分は子供の急病で出られないからと云ふので、代理のものを差向けたと書いてある」（七・一八三）。「お賓頭顱様の木像を愚生の代理に参上せしめ候と書いてある。此方から八笑人の宴会をするからと書いてやつたんで、何か余程突飛な滑稽の催しでもすると思つたに違ひない。それで唯だ来られないと云ふのでは可笑しみがないと思つて、先生大に天外の奇想を振るつて見せたんでせう」（同上）。青華から届いた「丁度生きた人間位の大きさの〔お賓頭顱様の〕木像」（七・一八四）――「黙つて動かずに胡坐を掻いてゐるおびんづる様の木偶」（七・一八六）――が据え置かれている椅子の隣の椅子に、「中谷君の代理になるもの」（七・一八五）として、「〔清が〕マンドリンを抱へさして二階の書斎に飾つて〔置いてあつた〕」（七・一八六）「よく芝居へ出る道化役のピエロオの衣裳をつけた人形」（同上）――「真白なだぶぐした衣服に大きな漏斗のやうな先の尖つた帽子を冠り、真白に塗つた顔の頬の辺を紅で彩つた道化の人形」（同上）――を坐らせた。紅雨が清に宛てた最初の書状には、前引の文章に続けて、次のように書き記されていた。「会員の資格に就ては成程御高説の如く、品格ある当代の紳士にして閑談笑語の友とすべき風懐を備ふる人は、成程いざとなりては誠に見当りにくきやうに思はれ候、文学者の仲間に多少の知己は有之候へ共兎角に医者の不養生と同じく文学者など申す人には却て俗人多きものに御座候」（七・二〇）。清、紅雨は、八笑人の閑談会の「会員の資格」を、厳しく限定していたのである。

そして、「十五　珍客」の終末部近くには、次のような記述が認められる。「……勝之助は葉巻に火をつけるマッチを摩つた時、それを指先に燃やしたまゝで、／「いつも〔商船が日本の港に着いて」上陸したつて誠につまらなく日を送つて仕舞ふのだが今夜ばかりはほんとに愉快だつた。」と云ひ出す。／「向島の隠士と浜町の通人が来て呉れたら猶更愉快だつたらうに。実際残念だつたよ。」と紅雨が答へた。／「然し待設けたものが都合よく完全にならない処に却て八笑人的の失敗の興味があるんぢやなからうか。」清は丁度手持無沙汰らしい紅雨の方に葉巻の銀皿を押遣つて、／「同志の人数も僕は永久不足でゐる方が面白いと思ふ。」／「慾を云へば限りがないかも知れんが、僕は是非女性が一人ほしい……。」と紅雨は取り上げた葉巻の銀紙を静にほどく。／〔清は言ふ。〕「異論はないが、とても事実に於て不可能でせう。」／（略）」（七・一八八―一八九）。中谷が〈五笑人〉の初めての集いに欠席した理由は、「四　深川の夢」の書き出しの「小説家の吉野紅雨は其夜銀行頭取の小山清を赤坂溜池なる其邸宅に訪問した。そして狂言作者の中谷を連れて来る筈であつたが、今夜は丁度芝居に来て居る馴染の藝者〔＝馴染の柳橋藝者〕と閉場後に会合する約束の為め、如何ともする事が出来ない由を伝へた」（七・三二）という記述、及び「五　二方面」の書き出しの「狂言作者中谷丁蔵は十二月になつて芝居の興行が千秋楽を告げて以来、旧友の小説家紅雨先生の勧告を辞退する口実のないのに全く窮した。勧告と云ふのは外でもない、銀行家の小山氏の邸宅に是非一度一緒に行て見給へと云ふ事である。／中谷は紅雨が云ふ通りに、少しも辞退する理由のない事は自分にでも能く分つて居るのであるから、いかに苦しんでもいかに考へても対手を領付かせるやうな巧い口実も議論も出て来ない。中谷は唯だ何となく、社会に地位のある人、紳士録に名前の出て居る人、も一つ云ひ換れば髯を生して洋服を着た人の前へ出るのが可厭なのである。可厭と云ふよりは何処となく気後れがする。圧迫を感ずる。屈辱を感ずるやうな心持がするからである」(七・四九)という記述から、大方の見当が付く。*また、青華がその集いに欠席した理由は、「子供の急病」であったことは確かであるが、荷風が青華を「貴族的孤立主義」者として登場させていることも(七・一七六、一七九)、大いに手伝っているに違いない。「兎に角、木像と人形に対してトウストを捧げるのが一番洒落てゐる。吾々の名論卓説を傾聴させる対手には此様に適当したものはあるまい。反対もしない代り賛成もしないで柔順くしてゐるから」(七・一九〇)と清が言って、三人がベランダから食堂に戻って、青華の代理と中谷の代理の珍客に対してシャンパンで献杯をする。中谷の代理の人形が二階の書斎から運び込まれるよりも先に椅子の上に据え置かれていた、青華の代理の「お賓頭顱様の木像」に対しては、二度目の献杯をする。「三人は再び食堂に這入つて新しいシヤンパンを抜いた。火事の半鐘は已に打止んだのかも知れぬ。窓は明けてあるが兎に角室の中へは最う聞えなくなつた」(七・一九〇―一九一)という記述の後に、一行おいて、「冷笑畢」(七・一九一)と記されている。青華が自分の代理に「お賓頭顱様の木像」を参上させるというのは、全くもって滑稽の極みである。(私が*を付した箇所について補足説明をしておこう。中谷は、紅雨とは対照的に、議論することを好まない人である。そのようなことも、中谷がその集いに出席しなかった理由に含めて考えられるべきであろう。)

第二節　閑談会の企画の発端とメンバー推薦の模様

小山清と吉野紅雨の巡り合い　後に見るように、荷風においては「滑稽」と「冷笑」とは、表裏一体のものである。その点を考慮して言えば、我々は、とりわけ、「二　虫の音」の、小山清が初めて吉野紅雨に出会う場面の滑稽さに注目しなくてはならない。前節の第一段落の、私が＊を付した記述に続けて、荷風は、次のように記して、「一　淋しき人」を結んでいる。「然し又一方では冷静明晰な論理から、それ位の事は天に昇る程の不可能、不自然な事でない限りには、決して実行されぬと云ふ反證は上らないとも信じて居る。唯彼の変竹林な『機会』と云ふものを待つばかりだ。機会は来るとも云へるし、来ないとも云へる。小山清は笑ふ友達に廻り会ふべきこの機会を摑まふと思つて、眼をきよろ〳〵させながら日を送つてゐた」（七・九―一〇）。そして、偶然にも、清は、「笑ふ相手」――《冷笑・閑談の相手》――の一人に巡り合うのである。清が吉野紅雨に邂逅する場面を、荷風は、「二　虫の音」で、次のように叙述している。「幾箇となく乾してある藁の束の間から見知らぬ人の眼がぎろりと輝つた。綿天鵞絨の洋服を着て、頭髪を長く額に垂した男が、腹匐ひになつて、頰杖をついて、矢張清と同じやうに蟲の音を聴きすまして居るらしい。互に一人だとばかり思つてゐた処へ、藁の陰と陰から顔を見合せて、二人は視線を外向ける事さへ忘れてしまつた。／「蟲が鳴いて居ますな。」／暫くして清が挒処なさゝうに言葉をかけた。／「いゝですね、今時分蟲の音を聞くと、暖なプロヴアンスへでも行つたやうです。」／男は再び蟲の音を聴かうとするらしく首を傾げた。其の様子、其の物云ひ振りが、日常清の知つて居る範囲の人には決して見られない種類のもので、清は暫くしてからまた話しかけた。／「この辺の御別荘にお居でゝすか。」／「いや、二三日宿屋に泊つて居ります。私達の商売ぢや別荘どころか家も入り〔＝要り〕ません。何処へ行つても宿屋が家も同様です。人生は放浪にかぎりますよ。」／「失礼ですがどう云ふ御商売です。画家ですか。」／「まア其の方です。つまらん文章を書いてます。」／「ぢや文学者ですね。お名前は。」／「そんな大したものぢや無いです。吉野紅雨と云ふんです。」／「ぢや此の間『恍惚』とか云ふ小説をお書きになつて……。」／「えゝ。風俗を壊乱するものだと云ふ事で発売を禁止されました。」」（七・一三―一四）。――この叙述における滑稽さを、味読していただきたい。清が紅雨に、『恍惚』の発売禁止処分について、「一体あれはどう云ふ処がいけなかつたのです。私も一寸読みましたがね何でもないぢやありませんか。」（七・一四）と問い掛けたばかりに、紅雨は滔々と己の思想を披瀝し始めた。延々と続く紅雨の弁舌に辟易した清は、「もう直き午ですよ。いかゞです、御迷惑でなければ私の別荘へお出でになりませんか。」（七・二〇）と、紅雨を別荘に誘った。そして、そこで、「八笑人」の談話会――「鳥渡思ひ付たる滑稽の閑談会」（七・二二。清の紅雨先生宛ての手紙の中の言葉）――の企画が本格的に練り上げられたはずである。というのも、「三　楽屋裏」の冒頭の、紅雨の小山清宛ての手紙には、「先達はいろ〳〵勝手なる議論を吐き御清聴を煩はし候段恐れ入り候。小生も昨日帰京仕り拙宅にて勉強致し居り候。逗子にてお目にかゝり候節お話しに相成候昔の八笑人に類する御趣向至極小生も奇妙と存じ申し候（略）」（七・二〇）と記されているからである。

吉野紅雨が中谷丁蔵を推薦　紅雨の清宛ての最初の手紙の冒頭の段落は、次のように結ばれている。「現代の富豪たる貴兄に対して只今は少しく身分ちがひの人にて如何かと存じ候へ共、小生が竹馬の友にて今日も猶往来いたし居る至極可笑しき人物有之候。御紹介致す前に鳥渡其の人の性質と経歴とを御話し致す方便宜かと存じ候」（七・二〇―二一）。続けて、紅雨は清に、その「竹馬の友」――もちろん中谷丁蔵のことである――の「性質と経歴」を次の記述をもって、紹介している。「一言にして云へば彼はビステキを喰ひ麦酒を呑み電車に乗る位の事より外には全く現代とは関係無之人に御座候。嘗て小生と同年にて尋常中学校を卒業したる後は、いづこの専門学校にも入学いたしたる事なく、専ら風流情痴の道を研究し、唯今は世に云ふ藝が身を助ける境遇にて□□座々付の狂言作者を以て生活いたし居り候。幼少の頃より音曲を好み清元と歌沢は立派な名取にて俳諧も談林風のものを能くいたし候。つまり性格も嗜好も其の理想も尽く江戸の洒落本に現れたる色男に有之、小生も已に自作小説の中に此の人の生活の一面を写したる事二三度にも及び居り候へば、貴兄もそれとなく思ひ当らるゝ処有之べしと存じ候。／已に十年ばかり以前、丁度二十五の折、浄瑠璃の文句にも此れあり候通り同じ十九の初厄の娘と結婚いたし、唯今は前以て申し上げ候通り小ざつぱりしたる借家住ひを浜町あたりに営み居り候へ共、もと〳〵貧しからぬ良家に人と成りしものに御座候へば、万事につけて上品に余裕ある事は小生の誓ってお受合ひ申すところに有之、小生は彼を以て旧日本に生きたる形見として、現代の新思潮に侵されざる勇者として一方ならず尊敬いたし居り候。折々に小生は彼が一杯機嫌の気焔を拝聴して得る処少からず、先達も彼は江戸の藝術を讃美して江戸の音楽家は例へば常磐津の乗合船、清元の神田祭、北州の如く、あらゆる其の時代の風俗、日常の生活を藝術の中に永久化したる手腕ありしかど、明治の先生達は進歩々々と大言壮語するのみにて、未だ一曲として明治の生活を音楽とし舞踊として作出したる事なきは誠に不思議のいたりと申し居り候。云々」（七・二一―二二）。そして、紅雨はその手紙を、「一夕の閑談会の好敵手として只今申上げ候友人、万一御違存無之候はゞ早速御紹介をいたすべく、幸ひにして貴兄の知遇を得候はゞ、同氏のみならず小生も亦無上の光栄と存じ申候」（七・二二）という文章をもって結んでいる。清の返事の手紙には、「……多年無味乾燥なる生活に飽き候ふあまり、鳥渡思ひ付たる滑稽の閑談会の儀、一方ならず御同情下され候段感謝致し候。御認《おしたゝ》め下され候御友人には是非お目にかゝりたく早速御誘引御来車の程御待申居り候。云々」（同上）と記されている。

手紙を受け取った紅雨が、その日の午後、浜町の中谷の家を訪ねたときの場面は、ただ淡々と、次のように叙述されているだけである。「格子を明けやうとすると鍵がかゝつて居た。（略）閉めた障子の中は寂として薄暗く何となく寒さうに思はれた。早くも吉野紅雨は一般の訪問者が門口の格子先から直覚的に感ずる失望に襲はれながら、一声高く外から呼んで見た。／声に応じて案外に早く女の返事と共に障子が開く。襟付の銘仙に糸織の半纏を引掛けた肉付の豊な年増盛り。何処ぞお茶屋の女将とも云ひたい丸髷の女が、金歯をほの見せる口元に愛嬌の靨を寄せて、膝をついたお召の前掛の皺を直しながら軽い調子で、／「まア。折角でしたのに。座の方へ参つて居りますんですよ。」／「さうですか。つひ気が付きませんでしたよ。芝居はあいて居るんでしたッけね。」／「はい。もう中日過ぎで御座ますから、いつでも夕方には帰つて参ります、何なら此鳥渡お隣の電話で聞き合して見ませうですか。」／「いえ、それには及びません。ぢやア私は此れから芝居の方へお尋ねして見ませう、どうもお邪魔しました。」（七・二三―二四）。紅雨が対面した女性は、もちろん中谷丁蔵の妻であるが、丁蔵が「洲崎の引手茶屋の養女おきみさんと云ふ女」（七・三八）に出会い――荷風の言葉では、「突然思ひも掛けない大敵に遭遇し」（同上）――、結婚するに至ったいきさつが物語られている「四　深川の夢」には、次のような記述が認められる。「私達が初めておきみさんに会つた頃にはおきみさんは病気で半年ばかり退いてゐた後、其のまゝ藝者をよして店の忙しい折々は女中の手助け方々客の送迎へなどをして居た。私はいつの間に、中谷とおきみさんとの間に恋が成立つたのか殆ど気が付かずに居た。廓内に燈籠の催しのあつた晩、私達二人はおきみさんを中央にして両方から柔かい其の手を取つて騒々しい人出の混雑の間を、貸座敷の格子の前に立て連ねた燈籠の絵だの狂歌だのを見ながら歩いた事がある。又は寂とした廓内の昼過ぎに退屈だからと云つて仲の町の端れの堤防から三人釣竿を揃へて釣をした事もある。八幡の公園内へ射的に出掛けた事もある。私は押付け其の中におきみさんは中谷のものになるのであらうと予想しないでもなかつた。／けれども其様事を兎や角注意するよりも、私は自分だけの感情ばかりに独りで満足して、全く其の他の事を顧みる暇がなかつた。私はおきみさんをば斯う云ふ種類の女としては、その模範だと信ずるほど美しいと思つて居たが、然し別に恋してゐる訳ではなかつた。私は唯水の多い、私の好きな深川の景色が、この女性を得て更に美しく、或時は堪へがたいまでに私の詩興を誘つて呉れるのを、非常なる賜物として喜んで居たのである」（七・三九。七・四六―四七、参照）。そのように、紅雨と丁蔵の細君とは、元々親密な間柄であるけれども、「三　楽屋裏」においては、荷風は、紅雨と丁蔵の細君おきみさんとが旧知の間柄にあることを表現するのを、意図的に控えている。それは、「四　深川の夢」において、荷風が紅雨に、自分は『深川の唄』の作者――したがって、荷風自身――であることを物語らせ（七・四二）、紅雨の経歴譚の拡張という形式で、中谷丁蔵の、より詳しい経歴と、彼がおきみさんと結婚するに至る経緯を物語らせようと企図したからである。（『近代仏蘭西作家一覧』では、（一）（明治四三年六月一日「三田文学」）の末尾に「（吉野紅雨編）」（七・四五三）と、（二）（明治四三年七月一日「三田文学」）の末尾に「（紅雨生）」（七・四五六）と執筆者名が記されているように、荷風には「吉野紅雨」をペンネームとしようと考えていた時期が見られる。『冷笑』の吉野紅雨が荷風自身であることを、断わっておく。紅雨は清に、「……滅た時代の思想をば、押移つて来た次の時代の思想から振返つて見た時、こゝに生ずる無限の暗愁は……あゝ然うでした。私は已に『深川の唄』と云ふ小篇――お読みになりましたか――私はあの小篇の中にも書いて居た」（七・四二）と語るよりももっと先で、「あの男〔＝中谷〕の家は日本橋の手堅い大きな運送屋でした。私は官吏の伜ですから、つまり下町と山の手の、互に違つた階級の家に生れたのですけれど、二人とも小説や芝居が好きな性質から、学校に居る時分には二人が発起で雑誌を作へた事などもあつて、其の後卒業した後も依然として交際して居ました。云々」（七・三五）、「私は其の頃既に小説を書き出して、萬朝報や其の他の文学雑誌の懸賞募集に応じて三度に一度は必ず当選する。知名の大家の門に入つて其代作の報酬を得る。彼は町家の息子の事とて私が文筆から得るよりも、もつと多くの小遣銭を自由にする事の出来る身分である。吾々二人の二十歳は実に祝福すべきものでした。云々」（同上）と、荷風自身である自分の経歴を語っている。それに続けて、紅雨は清に、「私がこんな文藝の遊戯に耽つて居る間に、中谷は三味線を弾いたり踊を踊つたりして遊んだ。無論これは自己の興味を中心として居たものだけれど、然し又幾分か他の方面に利用しやうと云ふ考へもないでは無い」（七・三六）と中谷のことを物語っているが、中谷に特定のモデルがあったようには、私には思われない。中谷は、荷風の思想における江戸趣味の側面を語らせるために、荷風が創作した人物である、と思われる。なお、右の引用文中の「然し又幾分か」以下は、それに続く、「中谷は草双紙に養はれた思想から、歌舞音曲の技藝は美しい男の外貌を更に美しくして、女から愛される機会を更に多くするものだと信じて居たからで。云々」（同上）という、《紅雨の語り》によって、具体的に説明されている。）

ここで、一旦、「三　楽屋裏」に戻ろう。「木挽町の芝居」（七・二四）に中谷を訪ねた紅雨は、「廊下の片隅に置いてある腰掛」（七・二六）に腰掛けて、中谷と以下のような会話を交わす。「……「早く最近の冒険談を聞きたいもんだね。君さへ承知なら聞手は僕ばかりぢやない、もう一人志願者が増えたよ。この間逗子へ遊びに行つたら小山銀行の頭取だつて云ふ若い紳士に会つてね、其の人が銘々商売気を離れた生活に縁のない勝手な雑談をしやうと云ふので、皆な一風変つた奇人を少くとも五六人は集めて飯でも食はうと云ふのさ。どうだ。僕も行くから君も行つて呉れ給へな。実は其の話で君の家へ行つたんだよ。」／「其ア澄まなかつた。然し対手がそんな金持ぢや余り身分が違ひ過るやうだな。」／「違ひ過ぎるところが妙なんだ。遠慮する事アないさ。其様事を云つた日にや、僕なんざ親爺の脛をかじらない限り、全くの天竺浪人、家もない女房もない。」」（七・二七）。（右の引用文に続く、「「其の代り君はいつかも云つた天職と云ふものを持つて居る人だから。」／「君だつて同じ事だ。唯だ君は自覚しない……自覚する事を避けて居る。避けて居るよりは寧ろ嫌つて居る。」」（同上）という会話は、「もうさう云ふ議論は御免だ。云々」（同上）という言葉によって遮られてしまうけれども、中谷に狂言作者たる天職を自覚するよう迫っている紅雨の言葉に、我々は、紅雨が——したがって、荷風が——徹底した江戸趣味の持ち主であることが表れているのを看過してはならない。）

　中谷が初めて小山清に会うに至った日のことは、「五　二方面」の終末部に叙述されている。荷風の文章を引用しよう。「あゝ江戸時代なるかな、と云ふこの感激が相互から不思議な親しみを以て、帰朝以来一度離れさせやうとした紅雨と中谷さんとの間を、以前のやうに結びつけた原因であつたので、この日亀井戸まで歩いた夕方には紅雨は中谷の発起で、尾上菊五郎が愛好したと称せられる柳島の橋本屋で晩酌を傾けた。／さう云ふ次第から中谷はいくら現代人との交際が嫌ひでも、今度はそも〳〵の動機が江戸の著作八笑人から出て居る事を紅雨から説明されるに及んで、どうしても一度は共々銀行家の小山君を訪問もしくは会食せざるを得ない始末に立ち至つたのである。／で、とう〳〵十二月も末になつて、最初の年の市が深川の八幡社内、其れから二三日たつて浅草の観音に開かれた翌日、中谷は嘗て其の足を踏み入れた事もない濠外の赤坂にある小山氏の邸宅まで紅雨先生に導かれて行つた。／すると主人は来客の人物を予想して、いつもの西洋間ではなく、離れの茶座敷にあつさりした料理と酒までを用意して居たのである」（七・五七―五八）。（「六　小酒盛」においては、冒頭に、「気のきいたこの接待振が強い最初の印象を以て、狂言作者中谷さんをして、こんな事なら何もあれほど紅雨に勧誘して貰はないでもよかつたものをと後悔させた位であつた」（七・五八）と記して、その「離れの茶座敷」での、三人が小酒盛をしながら閑談を交わす模様が描出されている。）

対照性　『冷笑』には、閑談会のメンバーたちの個性（character）を強調するために、彼等の対照性（contrast）が巧に組み入れられている。

まず、中谷丁蔵の経歴と、小山清の経歴との対照性について、見ておこう。「一　淋しき人」には、次のような記述が認められる。「彼〔＝清〕はせめての慰藉を家庭の和楽に求めやうと思つた、けれども此れも亦彼の望むやうには行かない。清の夫人はもと清の父親が無一文で放浪してゐた時代の恩人の娘であつて、其人の家は不幸の為めにすつかり落魄して仕舞つたのを、成功した暁に清の父親が発見して報恩の一ッとして他日清の嫁にするやうに養つて居たものである。第一病身で結婚以来七八年になるが、今だに子供が出来ない上に、容貌も極悪いし又社交界に出る程の教育とてもない。* 夫人は自分から其等の欠点をよく知り抜いて、小山銀行頭取の令夫人、ハアバアト大学を卒業して世界を漫遊して来た紳士の妻たる資格のない事を恥ぢて居る。夫の清には実にお気の毒だ、すまない事だ、私さへ無ければどんな立派な華族のお嬢さまでもお貰ひ遊ばすものをと、心の底ではしみ〴〵泣いて居る。其れを推察して夫の清が気の毒だ、可哀想だと物優しくすればするほど、夫人は身を卑下して、唯々まめ〳〵しく夫の身のまはりの事を下女（ママ）も同様に立働いて満足して居る」（七・五）。（右の引用文中の、私が＊を付したセンテンスには、女権にかかわる問題性が含まれていることは否めないが、改正前民法の下での社会における女性に対する意識を表現したセンテンスの一例としてそのまま引用した。もちろん、「ハアバアト大学を卒業して世界を漫遊して来た紳士」である清――それゆえ、「英吉利の婦人が選挙権を得やうとする運動にも同情する位の女権論者《フエミニスト》」（七・五）といったように言い表されている、当時としては「〔非常に〕進歩した男女同権の説を奉じてゐ〔る〕」清（七・六）――は、日本の旧来の家族観に対しては批判的であり、子どもがいないからと、自分の身の上を案じる「親戚の老人など」の言い草が滑稽だと言って、冷笑する。「六　小酒盛」には、次のような記述が認められる。「「実に滑稽なんですよ。」と清は独りで微笑んだ後、再び二人〔すなわち、清の邸宅の「離れの茶座敷」に座った二人の来客、中谷と紅雨〕の顔を見ながら、「親戚の老人などが頻に心配して、私に小山家の血統を絶さないやうに妾を置いて呉れと勧めるのです。日本の社会の裏面にはまだ随分古い思想が流れて居るんですね。」／二人は謹聴の態度を取つた。／清は火箸で火鉢の灰を掻き乍ら語る。／「考へると馬鹿々々しくて腹も立てられない話なんです。私の妻と云ふのはまだよくお話しませんがね、つまり義理があつて私の洋行しない前からまア許嫁見たやうになつてゐたんで、結婚してからもう六七年になるが病身で子供が出来ない、万一子供が出来でもすると親の方の健康が気遣はれるやうな訳があるんですよ。それで親戚の老人などは血統の問題を主として云ひ立てるけれど、それのみぢや無い、裏面には私がまだ四十未満の男で久しく空閨の寂寞に沈んで居たら、其の結果は世の中によくあるつまらない失態を演じ出しはしまいかと甚く心配して、其れやこれやで妾の問題が提出されたらしいです。云々」」（七・六二―六三）

清の父親に、若き日「無一文で放浪してゐた時代」があったのとは対照的に、中谷の父親は、経済的に恵まれて成育した。少なくとも丁蔵が二十歳を超す頃までは、運送業を営む彼の家は、非常に裕福であった。清が、彼の父親が「無一文で放浪してゐた時代の恩人」に報恩すべく「清の嫁にするやうに養つて居た」許嫁と結婚したのとは異なって、中谷は、若き日から、女性たちと放恣な交情を重ね続けた。「四　深川の夢」において、紅雨は清に、例えば次のように語っている。「何につけ束縛は苦しいものだ。中谷は何れかと云へば極く情に脆い決断の乏しい人であるが、此嫉妬の監視にばかりは堪へ兼ねて、夢中に其れから逃れ出やうと急る。女は追廻しあぐんだ後、遂にその及ばざる事を悟つて退くと云ふ結末になる。すると、中谷はほつと息をついて、更に新しい女を見付けて其の方へ移つて行く。誰にしろ男に取つては何時も何時も新しい場所で新しい恋を試みるほど愉快な事はないから、最初は意識しなかつた中谷も、二人三人と経験を積むに従つて、先づ新しい女と恋の馴れ初めの甘味だけを味はひ終ると、然る後はわざと其の女の方から自然と飽かれるやうに仕向ける事も度々になつて来た。たしか西洋にも、情婦と手を切る最上の方法は其の女自身の手から切れて貰ふやうにする事だと云ふやうな諺があつたと思ふ」（七・三七）。そして、紅雨は、「吾々の幸福なる中谷君は此の如く自然の備はつた謀まざる技能によつて、何等の面倒な悶着もなしに其の恋人を甲から乙にと変更して行つたが、する中に突然思ひも掛けない大敵に遭遇した。其れは誰あらう。今の細君である。云々」（七・三七―三八）。そして、紅雨は、中谷がおきみさんを細君に迎えるに至った「深川の夢」の恋物語を語るのである。清の父親が銀行を興して大成功を収めたのとは対照的に、中谷の父親は、最終的には事業に失敗し、おきみさんが中谷の細君に納まる時点においては、彼の家は破産寸前の状態にあった。紅雨は、その「深川の夢」の物語を、次のように結んでいる。「一年近くの月日は酔後の夢のやうに斯くして過ぎてしまつた。中谷は夏に最もよい深川をば、やがて其の夏の来やうとする前に早くも飽きて、他の変つた方面に尽きない快楽を求めやうとして、遠ざかるともなくおきみさんから遠かつて行つたけれど、然しおきみさんは私が前にも話したやうに、極めて諦めのよい女であると共に、少しも人を怨まない、人の欠点を非難しない性質をもつて居たので、その後又一年ほども、処定めず浮れて歩く吾々の酔つた千鳥足が再び深川の廓へ向けられて来るまで、折々の文通ばかりで、ぢつと我慢して、寧ろ私の目には何か信ずる処でもあるらしく、頼りにも何にもならない吾々二人を待つてゐて呉れた。／この優しい軟かい態度がおきみさんのつまり最後の勝利であつた。丁度其頃から中谷の実家は運送事業について海上保険か何かの事で非常な損害を受ける。続いて其父が死んだ後になつて見ると、今迄世間に対しては華美一ぱいにやつて居た其内幕には父より外には誰も知らない多額の負債のある事などが発見されて、中谷の若旦那たる境遇が突然一大打撃を受た。／中谷は日本橋の店と向島の別荘とを売つて其母と共に霊岸島へ借家をする。そこへおきみさんは最初は私の妹か何かのやうな体裁で私と一緒に逢ひに行つたが、間もなく其秘密は悟られてしまつた。けれども悟られると共に、おきみさんは中谷の母さんから、吾々一同の思ひも掛けない同情を得た。いや寧ろ感謝の意を表せられたと云ふ方がいゝかも知れない。中谷の母さんは華美な商家のおかみさんであつたから、役者や藝者を珍らしいとは思はない、役者や藝者の軽薄な事を能く知つて居る。で、落目になつた家の息子をば以前と変らず親切にしてくれると云ふ情愛を、母さんは無暗と義理一方から解釈して、今時には珍らしい娘だとすつかり感心してしまつたのである。／茲に至つて、お前も最う身をかためたらばと云ふ相談が、母さんの口から切り出されて、当人の中谷は案外の事にびつくりしたけれども辞退するほどの決心はない。養家の引手茶屋の方でばかり多少の不同意はあつたが肝腎の娘がいよ〳〵駄目と云ふ場合には家を飛出すか死んでしまふかとの意気込に手をつけかねて遂におきみさんの本望が達せられた」（七・四七―四八）。

「四　深川の夢」には、紅雨が清に、中谷丁蔵の経歴を仔細に語り始めるに先立って、次のような記述がなされている。「年は三十五六にもなつて、女房と子供があつて、それでも猶芝居から藝者を連れて遊びに行つたと云ふ狂言作者中谷の生涯と、其に対する小説家の感想とは、大いに小山清君の無聊を慰めたらしい。清は西洋間の煖炉の傍に安楽椅子を占めて、小形の低い台の上に置いたウイスキイの杯を紅雨に勧めながら。／「然しそんな風でよく細君が黙つて居ますね。家庭は惨澹なものだらうな。それとも日本の女の事だから黙つて諦めて居るのですか。」／「そこが又実に不思議なんですよ。到底経験や観察の足りない道徳家などの伺ひ知るべからざる処です。細君は唯だ笑つて居る。少しも亭主の放蕩を心配しない。飽くまで亭主の手腕――此方からこそ女を欺す事はあつても、女から馬鹿にされて金を取られるやうな事は決してない亭主の手腕を飽くまで信用して、少しも心配しない。又いかに腕の凄い女があつても、いかに亭主が浮気をしても、自分は子供が出来て一家のおかみさんになつて、長火鉢の前にちやんと坐つて居る限は、自分の地位の危くなる気遣はないと安心して居る処がある。云はゞ亭主は其の日の出来心で浮気はして居ても、真底いざとなれば、到底自分を見捨て得るものでない弱点を捉らへて居る。これは要するに細君が普通の媒口で嫁に来たのではなくて頗ぶる小説的な深い恋の記念のある事を思ひ出すからでせう」（七・三四）。当然、清は紅雨に、「小説的と云つて、どんな面白い来歴があるんだね」（同上）と問ふのであるが、それを契機に、紅雨の、「深川の夢」の恋物語についての延々たる語りが始まるのである。アメリカに渡った後、「彼が信じて藝術の都となした巴里に渡つ〔て〕」（七・五三）「パルナス派当初の詩人がやつたやうなポヱームの生活を味はつて半分病気になつて帰つて来た」（同上）、「新時代の詩人を以て自任する吉野紅雨」（七・五二）のことであるから、「話題の方面の岐路にそれて仕舞〔ふ〕」（七・四二）のはやむを得ない。ただし、その「恋愛談」（七・四四、参照）を語り始める際、紅雨が清に、「今考へて話して見たら、夫ほど面白い事ぢやないのかも知れませんよ。然しその当時は彼の男と今の細君との恋を見て私は実に世の中は面白いものだと感じましたね。何しろ私もあの時分は若かつた。あの男は猶若かつた。丁度二十五の時でしたからね」（七・三四―三五）と断わっていることを併せ考えると、「深川の夢」の恋物語は、客観的に見れば、「夫ほど面白い事ぢやないのかも知れ〔ない〕」。ただ、紅雨は清に、次のように語っている。「私達二人〔＝紅雨と中谷君〕は引手茶屋のお客である。おきみさんは引手茶屋の娘である。吾々を送つて向ふの楼へ上つて、其れから先吾々がどうするかは蓋し御祝儀を戴く職務上からも明かに知り抜いて居る訳だ。習慣は如何に奇妙な事をも平凡化して仕舞ふもので、おきみさんは一方に於ては、中谷君には已に楼中の噂に上つて居るほどの女がある事を無論知つて居る。そして「おやすくないわね。お浦山吹よ。」などと冷笑して居ながら、さて一方ではけろりと其様事は忘れてしまつて、中谷君をば全く一人身の若旦那として取扱ふ事もある。つまり茶屋の送りと云ふ職務上から男に対する時と、単純な娘として男に対する時とは、自然に感情の相違が生ずるからであらう。蓋し花柳界の女から何につけ此職務を離れた感念を生ぜしめる事は、此社会に足を踏み入れる当時の吾々一般が唯一の成功唯一の誇りとした処で、此得意の境地に立たんが為めには吾々はいかなる屈辱をも満足して忍んだものである」（七・四四―四五）。それはおきみさんの性格に違いないが、おきみさんは、中谷に「楼中の噂に上つて居るほどの女がある事」を承知の上で、中谷を恋人としているのであった。（紅雨の言葉に即して言えば、おきみさんは「初めて逢ふと間もなく、（略）中谷君を遠慮のいらない、好き勝手な我儘の云へる友達にしてしまつた」（七・四五）。ただ、中谷とおきみさんとが恋仲にあっても、中谷がおきみさんと会う際には、必ず紅雨が一緒にいる。紅雨は清に、「二人〔すなわち、中谷とおきみさん〕は別に恋愛の新しい刺戟に打たれたのではない。互に唯だ悪くない人だ位の親密な友情を感じて居たのに過ぎない。だから、おきみさんから見れば、中谷と私との間には友達として何等の差別もなかつたのだ。私は中谷君と同様のおきみさんの恋人たる資格に於て欠くる処がなかつたとも云ひ換る事が出来る」（七・四四）と語っている。中谷とおきみさんとの、恋愛と言えば言えなくもない、奇妙な間柄は、やがて「或る日の晩」（以下、七・四五）――といっても、夜中の「二時過ぎ」――「吾々二人〔すなわち、紅雨と中谷〕が〔おきみさんの〕引手茶屋の閉めてある戸を叩い〔て〕」上がり込み、「其れから例の如く二階で飲む酒に兎角する中四時にもなつ〔てしまひ〕」「其のまゝ暖まる座敷の置炬燵を中央に、廻る杯と四方山話に三人して冬の晩い暁を待つことにした」夜、遂に「特別な交情」（以下、七・四七）に深まるに至った。そして、紅雨は、「〔二人の」恋の同情者、傍観者」の立場に回った。しかし、可笑しいことに、少なくとも表面的には、三人の関係に変化は全く生じなかった。例えば、「私達二人〔すなわち、中谷と私〕」（七・四六）が「例の如くにおきみさんを中央にして左右から其の手を引いて、松の生えた土手〔＝隅田川の洲崎寄りの土手〕を越して、向うに広がる埋立地の枯て立つ雑草の小径から、又はセメントで築き上げた堤防の上から、一面に日のあたつた品川湾の景色を眺めたが、其時にも、おきみさんは中谷を除物にして妙に私へばかり話をしかける、そして淋しく微笑んでは私の顔を見た。（略）涙でない一種の潤みを宿した其の眼は、私の顔を見る度び、私に向つて言葉に現せない何事かを訴へ、そして憐みを乞ふやうな深くして複雑な表情を示して居た」（七・四六―四七）。おきみさんのそのような態度が面白い（ユーモラスである）ことは、確かである。ただ、紅雨の語りにあるように、中谷に添い遂げることは、「おきみさんの本望」（七・四八）でもあった。「深川の夢」の恋物語の本当の面白さは、「一方に於ては、中谷君には已に楼中の噂に上つて居るほどの女がある事を無論知つて居る」おきみさんが、「一方ではけろりと其様事は忘れてしまつて、中谷君をば全く一人身の若旦那として〔したがって、自分が妻に納まるべき若旦那として〕取扱ふ事もある」、そんなおきみさんの、達観的な態度・振る舞いに読み取られるべきであるように、私には思われる。）

中谷丁蔵の女性関係――中谷の関係相手は、いつも藝者である――に対して細君のおきみさんが寛大であるのは、あるいは、おきみさんが、そこに身を置いたことのある花柳界の事情に通じているせいなのかもしれない。荷風は、「中谷は次第に滅びて行くべき旧式の薄暗い舞台裏〔＝「旧劇の楽屋裏」（七・五〇）〕から〔「昔は無学の目学問と云つた荒唐無稽のお芝居を見てくらす」〕進歩を追ふ観客諸君〔＝「当代の紳士〔諸君〕」〕を眺めると同様の痛快を、又一層深刻に花柳界の裏面に於いて発見した。発見しやうと思つて為した事ではないが、唯彼の趣味性が導くまゝに、多年この社会に接近して自然と其の隠れたる裏面の生活に通暁した結果、さう云ふ発見に到着したのである」（七・五一）と記して、大見得を切って花柳界に出入りしている「現代の紳士」たちを、中谷に託して次のように冷笑している。（換言すれば、右の引用文の直前の、「この冷笑から感得される痛快の味の中には他人と自分と両方に対する二重の意味が含まれる」（同上）というセンテンスにいう、「冷笑から感得される痛快の味」のうちの、「他人」に対する「痛快の味」を記述している。）「ゴム輪の車をお茶屋の玄関へ挽込ませるお客さまは皆是れ現代の紳士である。（略）これ等の紳士は花柳界唯一の保護者で、表面裏面の差別なく大慈悲の神さまとして尊重されべき筈であるのに、此処に嗤ふべきは、滅びた時代の戯曲家小説家が自己の辯護として金も力もなかりける色男を讃美する為めに金力の主張者を極点まで醜化した古い古い思想の感化として、花柳界の女の眼に映ずる彼等は何れも影に廻つては「いけすかないお髯さん」たるに過ぎない始末である。するとお髯さんは金仏さまならざる限り、お髯さんの意味を推知して、いつも威嚇的圧伏的の態度に其品位を保つてゐるだけ内心藝者茶屋女の陋劣軽薄不人情な事を恐ろしく憤慨して居らせられる。と云つて憤慨の結果陋劣な人種〔*sic*〕を全然社会に生存の出来ぬほど排斥してしまふ［*sic*］のではなく、云はゞ頼まれもせぬ憤慨をするために、わざ〱世間の目を忍んで此処に大事な金を撒きに来る」（七・五一―五二）。続けて、荷風は、主題を、「冷笑から感得される痛快の味」のうちの、「自分」に対する「痛快の味」に移行させながら、次のように記述している。「中谷は陋劣《（ママ）》な花柳社界の人と同等の地位まで自分の身を引下げて、お互に友達同志になつて、扮飾の世界の扮飾せざる空気の中から活社会の人士の半面の消息に接することを非常に面白く可笑しく感ずるのであつた。同時に又、自分の今の身は金もなく地位もない女房持ちでありながら、彼等お髯さんのいかにするも捕へる事の出来ない艶福に接する度々涙の溢れるほど嬉しく思ふのである。『情夫』とか『悪足』（「ヒモ」のこと――引用者）とか『鍵の手』とか云ふテクニックを作つて呉れた江戸時代の文学者に感謝するのである」（七・五二）。自動車でお茶屋に乗り付け、金力に物を言わせて、「藝者」や「茶屋女」に対して威圧的に振る舞う「現代の紳士」たちを冷笑するという文脈に即して考えれば、おきみさんが、「扮飾の世界〔＝花柳界〕の扮飾せざる空気の中」に溶け込んでいる夫に何ら共感を抱いていないとは、断言できないようにも思われる。おきみさんには、丁蔵が家族の主人でいてくれれば、それでよいのである。（右の引用文に続けて、荷風は、「かゝる旧弊人〔＝中谷〕が新時代の詩人を以て自任する吉野紅雨と今もつて交情の絶えないのは、頗る奇妙と云はねばならない――この事は已に銀行家の小山清君が紅雨其人に対して質問した事でもあつた」（同上）と、中谷と紅雨の対照性に論及するかのごとき記述を行なっているが、「あゝ江戸時代なるかな」という言葉で言い表されている「感激」――この感激の言葉は、「五　二方面」の、後ろから五ッ目の段落の末尾と、その次の段落の冒頭に記されている――は（七・五七）、紅雨のものであると同時に、中谷の胸中に日々沸き起こるものでもある。そして、「〔その〕感激が相互から不思議な親しみを以て、〔紅雨の〕帰朝以来一度離れさせやうとした紅雨と中谷さんとの間を、以前のやうに結びつけた」（同上）のである。それゆえ、両者の対照性についての論及は、なされていない。）

「七　正月の或夜」では、荷風は、恐らくは清の家庭との対照性を念頭に置いて、中谷一家の「家族の幸福」（七・七二）の模様を描出している。そこでは、「今年六ッになつた〔娘〕蝶ちやん」（七・六八）が、紅雨を前にして、おきみさんの弾く三味線に合わせて踊りを踊る場面の叙述に続けて、次のような記述がなされている。「紅雨は酔ひながら眺めて居る中に、音楽のある家庭ほど美しいものはないと次第に感慨に沈められて来る。何故と云つて彼は日本に帰つて来て以来、現代の社会に音楽のある家庭を見出し得たのは、滅びた江戸時代と腐敗した花柳界の空気に著るしく感染したこの狂言作者の家庭より外にはなかつたからである。蝶ちやんは〔「葭町の半玉が大抵は弟子入してゐる住吉町の花柳」（七・七三）の〕お師匠さんの処で半玉と友達になつて、一緒に藝者家へ遊びに行つて姐さんと呼ばれる女からお菓子を貰つて帰つて来ることもある。おきみさんは両隣りの待合とは親類のやうに往来して居る上に、是非あすこで無ければならぬものとして髪を結ひに行くのは柳橋の藝者が寄集る髪結の家である。そして其等の人達から、少し位浮気だつて、あんな優しい男振のいゝ旦那様を持つてゐれば此の上の仕合はないと羨まれて居る。

厳格な社会観を以て評したならば、根柢から汚れた家庭と云ふべきものであらう。然し紅雨は此の如く道徳の頽廃した家庭に於てしか、彼が嘗て欧米の健全なる家庭に見た如き、幸福と調和の美なる生活に比較し得べき何物をも、生れた国の社会には見る事が出来なかつた。云々」（七・七四）。ここには、「幸福と調和の美なる生活」という言葉が記されている。前後の文脈に即して言えば、《新帰朝者》吉野紅雨は、「新時代の家庭」（七・七五）には見ることのできない「幸福と調和の美なる生活」を、中谷の家庭に見いだしているのである。荷風は、次のようにも記している。「……其れを思ふと紅雨はいつ来ても一家挙つて思想娯楽の一致した中谷の家庭に於て限り知れず居心地のいゝ事を感ずるのである」（七・七五）。（「幸福と調和の美なる生活」とは、「幸福な、調和の取れた美しい生活」の謂であろう。右の引用文においては――殊に三番目のセンテンスから五番目のセンテンスにかけては――、中谷の家庭の《幸福な有様》の記述がなされているが、それの直前の段落においては、中谷の家庭の《調和の取れた有様》が描出されている（七・七三―七四）。紛れもなく荷風自身である紅雨は、中谷の家庭に、「一家挙つて思想娯楽の一致した」有様、すなわち家族全員の《調和の取れた有様》を見て、いつも居心地の良さを実感するのである。）

小山清の家庭についての語り手は、煩雑な「世間の交際」（七・八〇）を厭いながらも、ともかくも大物の銀行頭取として世に知られている《紳士》清自身であるが、中谷丁蔵の家庭についての語り手は、《新帰朝者》であると同時に《江戸趣味》に耽溺している紅雨である。したがって、中谷の家庭についての叙述は、清の家庭についての叙述とは異なった観点からなされている。しかし、そこで荷風が清の家庭と中谷の家庭の対照性をクローズ‐アップすることを意図していることは、確かである。次に、我々は、徳井勝之助の経歴と、「八笑人」の談話会のメンバーに桑島青華を推薦した、他ならぬ紅雨の経歴との、同一根源性（Gleichursprünglichkeit）――見地を変えて言えば、形式的対照性――について述べることにしよう。

小山清が徳井勝之助を推薦　紅雨が、中谷の家に誘われて「正月の或夜」、「音楽のある家庭」の「幸福と調和の美なる生活」の感慨に耽っていたとき、小山清は、「世間を離れた気保養」（七・八〇）をするために、京都へ旅行に出かけていた。「八　京都だより」の、小山清がその年の正月、「京都ホテル」（七・八四）で紅雨に宛てて書いた二通の手紙の「第二信」（同上）に即して、清と徳井の不意の邂逅の模様を概観しておこう。その第二信の書き出しには「旅はするものだ。意外な処で意外な人に出逢つた」（同上）と記されている。鴨川の橋の上に佇んで、川面の様子を「我を忘れて見詰めて居た」（以下、七・八五）とき、背後から、「や、小山さんぢやありませんか、お久振ですな」と呼びかけられて、清は「顫え上るほど驚いた」。（その鴨川上流の橋については、「橋の上に立つた時、自分はこれが数ある鴨川の橋の最後のもので、京都の街も此処で尽きて居る事を確めた。云々」という記述がなされている。清は、市中を見物するのではなくて、「街端れ」の「鴨河縁」まで歩いて行ったのである。そこにも、笑人の閑談会の発案者らしさが、窺われる。そして、「街端れ」の鴨川の橋の上で、突然、声を掛けられたのである。）清が「顫え上るほど驚いた」のは、ただ、不意に声を掛けられたからだけではない。清の手紙には、次のように記されている。「折角人知れず京都まで来たと思へば、此処にもまた自分を捉へて財界の不振、商況の不景気を論じやうとするものが居る。自分は何も其の人独りならば左程に恐れもしないのであるが、一人の目にかゝつたら最後だ。明日は新聞に出る。世間の狭い地方の都会はすぐに見知つて朝腹から訪問者が宿屋に押掛て来る。愚図々々して居ると招待の御馳走にいやな杯も手にせねばならぬ事になるからだ。自分は声をかけられて吃驚する瞬間、実に滑稽ぢやないか、ありくと宴会の膳に並べられる不味い料理の幻影に打たれた。（略）／自分は橋の上をば夢中で駈出して見やうか、或は人間違ひだと胡麻化してしまへないものかと思つたけれど、何しろ兎角の思案を廻らす暇がないほど不意の事なので、自分は喫驚すると同時に我知らず振返つて見ねばならなかつた」（七・八五―八六）。声を掛けたのは、徳井であったが、清には、何時何処で会った誰なのか、仲々思い出せなかった。清の手紙には、次のように記されている。「「あなたは……。」と云ひ淀んで其顔を見て居ると、紳士は口髭の間から綺麗な歯を隠見せ、大きな眼の縁に小皺をよせて微笑みながら、／「もう何年になりますか知ら、あなたが欧羅巴からお帰りの時でしたからな。」／云はれて自分は始めて、帰航する折ロンドンから乗込んだ朝日丸と云ふ商船の事務長（ここでのルビは「パアサア」。同「第二信」においても、他の箇所でのルビは「じむちやう」――引用者）であつた事を思ひ出した。／「つひ、お見それ申してすみませんでした。」

／「いえ、私も何処かでお見かけ申したやうだと思ひながら矢張鳥渡は思ひ出せなかつたです。ざつと十年前でせう。然しちつともお変りになりませんね。」／（略）」（七・八七）。一段落おいて、次のような会話が書き留められている。「「是非また伺ひたいもんですな。あなたの顔を見たら何だか急に航海がしたいやうな気になります。あなたは何方です、お住居は……。」／「矢張船ですよ。十年一日の如く船に居ます。神戸に碇泊中退屈ですから、今朝一番の汽車で何と云ふ気もなしに茲まで来たです。お正月ですね」（同上）。清にとっても、徳井にとっても、全く「意外な処」での再会であった。清は、「……然しそれにしては、運転士でも機関士でもない此の人が十年近くも事務長をしてゐると云ふ事にはちと驚かざるを得ない。何故と云つて、大抵の事務長は一時も早く機会さへあれば陸上の職務に転任せん事を希望するのであるから。／自分は橋を歩み過ぎて枯柳の並んだ岸の上を上流の方に行きながら、先づ遠廻しに質問して見た。／「奥さんは何方にお居でゞす。」／「まだ、其様ものは有りませんよ。」／云ひ切つて彼は深く人に問はれる事を厭ふためか*、或は其の話す通りに内地の景色が物珍らしい為めか、頻と四辺を見廻して、」（以下、七・八八）と記して、「兎に角日本の景色は綺麗ですね。秀麗ですね。今日の晴れた空の色なんぞ見ると、冬らしい気はしないですな。生えて居る木が小さくて枝が地面に近い処から滅茶々々に分れて出た具合などを見るとすつかり半熱帯だ」という語りに始まって、「私は熱帯ほど愉快な生活はないと思ふ」（同上）という、長年月に及ぶ世界周航によって培われた思想を基軸に展開する、徳井の熱帯讃美の語りを書き留めている。（私が＊を付した記述から窺うことができるように、荷風は清に、徳井が独身を通していることに関心を向けさせようとはしていない。したがって、荷風は、徳井と中谷丁蔵の直接的な対照性をクローズ・アップすることを意図していない。）

それに続けて、清は、次のように記して、徳井を紅雨に「八笑人」の閑談会のメンバーに推薦している。「こんな話をして歩いた後、自分は事務長とホテルへ帰つて午飯を喰つた。そして午後には再び連立つて清水の高台を散歩したが、折々話が深入りするにつけ、自分は遂に聞くともなく不思議なこの船乗りの経歴を聞き得た。あまり長くなるから玆には書く事ができない。然し、彼は吾々の「八笑人」の主旨に対して大に賛同を表してくれた人だと云ふ事を記憶して置いて下さい」（七・八九）。

徳井勝之助もまた、荷風が己を投影して創作した人物である。そのことは、「商船の事務長は徳井勝之助といふ人で、会社の社長をしてゐる徳井秀一郎と云ふ人の長男である事をば、清は其の名を云はれて始めて心付いたのである。／徳井秀一郎と云へば世間がよく知つて居る通り、明治の初年に早くも官命を帯びて欧米の制度を視察し、後実業界に転じては名望ある其の社会の、云はゞ古老の一人となつた人であるから、清も銀行家としての職務上、公の席で面会する折にはいつも相当の尊敬を以て話をした事もある間柄であつた。年はもう六十であらう。云々」（七・八九—九〇）という書き出しで始まる「九　船の人」を読めば、明らかである。そして、荷風が自分の父親、母親を念頭に置いて——父母が健在の時のことでもあって、ありのままにではなく、小説のストーリーに組み入れるべく文学的脚色を施してではあるけれども——徳井の父親、母親について叙述していることは、明白である。勝之助を「商船の事務長」にしているのも、『冷笑』執筆当時、父・永井久一郎が日本郵船横浜支店長の職に在ったことと全く無関係ではないであろう。『冷笑』には、徳井の語り（「九 船の人」における徳井の語りは、全て小山清に向かっての語りである）として、「海軍と商船学校に入り得なかつた私はまた父が命じた高等学校の法科にも這入り得なくて、止むを得ず慶応義塾の学生になつたが、通学数年の間一日として私は父に対する無言の怨恨を抱いてゐない日はなかつた」（七・九四）という記述がなされている。この記述からすぐに連想されるのは、『冷笑』の執筆を終えた年に執筆した随筆『九月』（四十三年九月。『紅茶の後』（明治四四年一一月二五日、籾山書店））での、高等学校の入学試験に不合格になった、荷風の青春の苦い思い出の叙述である。そこには、次のように記されている。「……其の忙しく慌しい蜩の啼声は、今年もまた前の年の如く高等学校の入学試験に不合格であつた失望疲労の学生の耳には丁度光陰矢の如く学成らざれば悔ゆるとも帰らざる事を教へるやうで、己れの前途に対する不安の憂苦を一層激しくさせるのであつた。当時の不幸なる記憶は、今もつて、残暑の夕を歌ふ蜩の声によつて呼び返される。／其の頃には大学と云ふ名称は私立の学校にはまだ許されて無かつた。小栗風葉氏の小説「五反甫」に於ても伺れるやうに、天下の父兄は其の田地や家屋を売払つても猶其の子に新学士の肩書を得させやうと急つた。日本の少年にして赤門に入るべき順序として高等学校入学試験に合格せざる一事は、其の将来永久に成功の見込なき事を宣告されたも同様、一生涯を人後に落つべく呪はれたものであつた。／「貴様見たやうな怠惰者は駄目だ。もう学問などはよして仕舞へ。」／自分の父は、絶望と憤怒の宣告を自分の頭上にあびせ掛けた。然し流石物優しい母親は、／「なにも大学と限つた事はないでせう。高等商業学校か福沢さんの学校位でもいゝぢや有りませんか。」／すると父親は猶更怒つて、／「お前は世間を知らんから、さう云ふ馬鹿な事を云つてゐられるのだ。会社にしろ官省にしろ、将来ずつと上の方へ行くには肩書がなければ不可ん、子供の教育は女の論ずべき事ぢやない。」／何年落第してもいゝから高等学校の試験を受けろ。其れがいやなら学業を全廃しろ。と云ふのが父の意見であつた」（七・三二一―三二二）。『若き反抗心』（明治四三年五月一〇日「中学世界」）では、荷風は、「……高等学校の文科を望んだが（略）家庭の反対を受けて許されなかつた。それで終に第二部の工科を受ける事にしたが、元来私は工科などは志望しないので、故意と落第してしまつた」（七・四三七）と書いているが、数学が苦手の荷風には、高等学校の入学試験に合格することは、初めから無理であったはずである。『九月』には、続けて、次のように記されている。「学生の身として学問を廃すると云ふ事は忍び得ぬ事だ。其れ故、父親は其の位までに厳しく叱つて置けば、自分は必ず奮励一番するに違ひないと思はれたのであらう。処が自分は父の予想以外に全く学問をよさうと思ひ出した。数学の智識の欠乏を自覚してゐる自分は、幾度試みても、到底高等学校へは這入れないと諦めてゐるので、絶望の上句は遂にさま〴〵な世の渡り方を空想した。小説家、音楽家、壮士役者、寄席藝人なぞ、正等なる社会の埒外に出て居る日陰者［*sic*］の、寧ろ気楽な生活にあこがれ始めた」(七・三二二)。

『冷笑』では、徳井勝之助は、尋常中学校時代、級友の清水園男と共に、天文学者になることを夢見ていた。しかし、徳井は、「私の父は頑然として木像の如くに天文学者たるべき私の志望を聞き入れてくれなかつた。云々」(七・九二)と語っている。徳井の「父に対する無言の怨恨」の根源にあるのは、天文学者への道を歩むことを父親に許されなかったということである。進路の変更を迫られた徳井は、父親に対する潜在的な反抗心も手伝って、「海の生活」を夢見始める。徳井は、次のように語っている。「私は父の同意を得て海軍の士官にならうと思つたが、此れは近眼の為めに合格する事が出来なかつたので、商船学校を志願して見たけれど同じく通過しなかつた。何故私は此時から海の生活を空想しだしたかと云へば、矢張これも反抗の変形したもので、私は一日も早く出来得るかぎり遠く父の家を去りたいと思つたからである」(七・九三―九四)。『冷笑』には、前引の徳井の語りに続けて、次のような記述がなされている。「親友の清水園男はその頃に病死してしまつて、私も専門の学術*に対して最初の熱情を次第に薄らげさせては居たけれど、然し私の父が私の第一の目的に一頓挫を来させた事をば、どうしても其儘に忘れ果てゝ仕舞ふ事はできなかつた」(七・九四)。(私が*を付した「専門の学術」という言葉は、それに先行する、「……私は突然実に恐ろしい運命の襲来を目撃した。それは絶間なく私の絶望を慰めて呉れる園男其人が、いよ〳〵彼が望む専門の学術を修むる第一着手として、高等学校の競争試験の準備の為にと明日は再び東京へ帰らうと云ふ前夜、風邪の気味で枕に就くと、三日の後突然咯血して遂に立つ能はざる重患に陥つた事である。云々」（七・九三）という記述の中の「専門の学術」という言葉を受けている。したがって、そこでは、「専門の学術」は、天文学を表している。園男は、天文学の道へ進むことを親に拒まれなかったのである。）そして、徳井は、「父は厳格な人だけに結婚以来一度も品行上から母の心を傷ませるやうな事はしなかつたけれども東洋の豪傑的粗放な其の性質は、已れが健康の注意や書斎の整理をすら自分一人ではなし得ない。立つにも坐るにも母を呼び付けて、身の周囲の雑用を便じて貰ふと云ふ風であつた。其の上に父は食物の好悪の驚くほど激しい人であつたから、母はいつも〳〵菜の賛方の拙さと万事に気がきかない事の攻撃叱咤を以て日を送つて居た。私は事実を誇張して云ふのでない。生れてから今日まで、父が私の母に向つて優しい言葉をかけたり、或は母のなした事をよくできたと賞めて居た事を一度だつて聞いた事はないのである。／然し母其れ自身は私が傍で見て感ずる程深く気には留めて居なかつたのであらう。結婚以来幾十年の月日をば、今日に至るまで少しの代りなく父の家を修めて来たのみか、私の外に二人の子供をも養育して、猶且寸毫も生活に疲れた様子を見せない。母は其の後、私の知らぬ間に私の弟の感化で堅固な基督教の信者になつたが、それは、昔武家の女子教育によつて教へられた献身犠牲の倫理的観念を一層深遠にすべく、宗教的神秘の色彩を添しめたまでの事、温順な私の母の心には、新しい空気、新しい教義も決して何等の危険なる思想の変動懐疑を与へなかつた事を、私は非常なる奇蹟として喜びもする、羨みもするのである」（七・九七―九八）と語る。ここで荷風の母・恆と二人の弟を念頭に置いて記述がなされていることは、明白である。続けて、徳井は、自分が「船の人」になった理由を次のように述べている。「然し此れは私が余程後になつてから、深い反省の結果によつて得た感想であつて、つひ此の間までは私は母の意気地なさと、年と共に益々烈しくなる圧伏的な父の態度をば、同じ一家の中に見てゐる事の不快不安に堪へられぬ気がした。学校を出た後は陸上の会社に雇はれる口はいくらもあつたが、私は遠く親の家を離れたい為めと、遠洋を恋する詩情とに誘はれて早くから商船の事務員になつたのは此の如き次第からである」（七・九八）。「遠洋を恋する詩情」にいざなわれてということもあったが、それに増して、「遠く親の家を離れたい」という気持ちが、徳井を「船の人」にしたのであった。（なお、徳井の「遠洋を恋する詩情」の背後には「過し日に星学者たらうとし〔た〕」（七・一一二）少年時代の夢が存している、と理解すべきであろう。右の語句が記されている段落には、「……つひ昨日まで、航海中のつれづれには、専門の学術を修めた同じ乗組の運転師からさまざまな星の名前を聞いて子供らしく〔＝子供のやうに〕喜んだ（略）」（七・一一一－一一二）という記述が認められる。）

そして、「十　冬の午後」において、清が徳井を「〔清の〕行きつけの洋食屋」（七・九八）に案内して、「手紙で招待された時間通、這入つて来た儘まだ椅子にも着かず、花や果物などの静物を描いた壁の油画をば門人の製作品でも批判するやうな態度で眺めてゐた」（七・一〇〇）紅雨に、徳井を紹介する模様が記されている。なお、「十一　車の上」において、かつて徳井が赤坂の芸者・かし子と恋仲にあったことが、物語られている。かし子との出会いは、徳井が「三箇月許、船員の変動で陸上予備員として父の家に寄寓して居た」（七・一一一）「六七年前」（同上）のことであった。荷風は、「勝之助は無論それまでに長崎神戸横浜と諸処の港へ寄航する折々他の船員と一緒に遊びに出掛けた事は度々であつたけれど、これと記憶すべきほどの感動をも覚えなかつたので、つまりかし子と云つたこの赤坂の藝者が初めて恋といふ情緒の忘れられぬ歓楽と哀傷とを教へたと同時に、彼をして斯る境遇の女の生活や思想の深い内面をも伺ひ知らしめた媒介者であつた」（同上）と記している。そして、徳井を紅雨に、以下のように物語らせている。「兎角する中に、私は一時上海航路の商船に乗組を命じられて、三週間目位に帰つて来る度かし子に逢つたけれど、時間がたつに従つて激しきつた感情の漸く沈静するにつけ、私はあまりに対手を選ばず夢中になつて、先方でもさぞかし迷惑であつたらうと、まるで的のない空に矢を放つたやうな心持がした。失望の情の進み行く順序として、私はどうしてもかし子が自分の思ふやうにはならないものと諦めをつけた上は、早かれ晩かれ彼女と別れて了はなければならぬと思つた。云々」（七・一一六―一一七）。「忽ち又乗組の船が変つて、私は濠洲航路から三箇月ばかりして帰つて来た時、かし子は海を旅する職業の私には通知する方法がないと思つた為めか、何時か知らぬ間に他の土地へ住替に出てしまつてゐた。私はやつと目がさめた。私は満身の意力を振つて恋の未練の慾情を制圧して、追究したいと思ふ恋人の行先をば強て追究せずにしまつた……。」（七・一一七）。

紅雨が桑島青華を推薦　桑島青華が登場するのは、「十四　梅の主人」においてである。標題の「梅の主人」とは、紅雨の父を指すと同時に、桑島青華を指している。「十四　梅の主人」は、二か所で一行を空けて（七・一六一、一六六）、三つの部分から成っているが、その最初の部分では、紅雨の父親の経歴と生活の模様が、次のように記述されている。「代々某藩の学者の家から出て、父は長らく官海に勢力を得てゐた後、隠居してからが最う彼れ此れ十年近く、祖先の残した古書と骨董の中に今も昔の如く、かうして安楽に平和に生きてゐるのだ。そして隠居の閑日月を送る唯一の娯楽として漢詩の吟作を試み、一年に一度、蘇東坡の誕生日に当るとか云ふ十二月の中旬には、同やうに生残つた二三の老友を集めて詩莚を張るのを例としてゐる。子供の時分紅雨は白い髯を生したり、禿頭を輝したりしてゐる老人が幾人も寄集まつて、互に紙片に書いたものを示し合して夜晩くまで静に話し合つてゐるのを不思議に感じた事を記憶してゐるが、つひ此の頃に外国から帰つて来た後も、矢張昔と同じやうな老人の群が同じやうに寄集まつて、同じやうな事を繰返してゐた事を目撃した」（七・一五九）。紅雨に彼が『深川の唄』の作者であること、したがって荷風自身であることを語らせた荷風にしても、先に自分の父親をモデルにして徳井勝之助の父親を描出しているからには、ここで自分の父親をモデルにして紅雨の父親を描出するに際しては、大きな文学的脚色を施さざるを得なかったに違いない。ここでは、紅雨の父親は、十年近く前に官界を退いて、漢詩の吟作を楽しむ隠居の老人とされている。精神分析の用語を用いて言えば、「九　船の人」において、徳井に託して父親に対する陰性感情――母親に対する陽性感情

（七・九七、参照）とは対比的な陰性感情――を表出した荷風は、「十四　梅の主人」においては、紅雨に託して父親に対する陽性感情を表出している。その陽性感情の奥には、いつか父親と心底から和解したいという願望、又は高名な漢詩人である父親が職務から引退後はそのように穏やかな隠居になってもらいたいという願望が隠れているのかもしれない。* 三つの部分から成る「十四　梅の主人」の最初の部分には、次のように記されている。「塀外の往来には乾いた土を踏む下駄の音と乾いた砂利を轢る荷車の響のゆるやかに聞えながら、茂つた庭の木蔭には、まだところまだらに残つてゐるいつかの雪に、明るい日光が殊更眩しく照輝く。さう云ふ暖かい午後の事であつた、紅雨は何かの用事で父の居間の縁側を静に歩み過ぎやうとした時、何処から漏れて来るとも知れぬ一脈の床しい花の香りが寒さを防ぐために閉めきつた縁側の硝子戸の中に漂よつて居るのを感じた。／「いゝ匂ひだ。」と思はず立止ると、障子の中から老人の咳嗽を交へた得意らしい声が、／「そんな処まで匂ふのか。流石は名木だ。」と云つた。／然し紅雨はこれまで別に注意して嗅いだ事もなかつたので、／「何です、梅の花ですか。」／「さうさ。二月にさく花は梅の外にありやアせん。お前は唐詩選の江城五月落梅花と云ふ事を思ひ違ひでもして居るんぢやないか。あれは笛の曲名だ。杜子美の詩に……。」／障子の外から立つたまゝで返事も出来ない処から、紅雨は止むなく開けて這入ると、老人は隠居の日永の話相手がほしさに、友禅の蒲団をかけた置炬燵の上に何やら読んでゐた書物を伏せて、老眼鏡のまゝ此方を振向き／「梅蘂臘前破、梅花年後多、惟冬春之交、正是花時耳と云つてあるよ。節分はもう大分前の事《こ》つたから、惟冬春之交で、丁度これからが梅の時節だ。」／「大変古い木らしいですね。」／紅雨が仕方がないから床の間に据ゑた古木の鉢物に話を移した。／「これアどうして、日本中に二つとは類のない木だ。お前は知らんかつたな。つひ二三年前だ。向島の庚嶺先生の息子さん〔＝桑島青華〕から、やつとの事で譲つて貰つたのだがね……。」／老人は桑島庚嶺と云つて、もう十年も前に死んでしまつた南宗画家の事を話し出した。／（略）」（七・一五六―一五七）。そのようにして、紅雨は、父親が書いてくれた手紙を携えて、「川蒸汽船」（七・一六三）に乗って隅田川を渡って、青華宅を訪問するのである。ちなみに、青華は、「［千九百年に］巴里に博覧会のあつた時」（七・一五八）、西洋美術を見学するため二カ月ほどフランスに滞在したことがある（七・一六九）「巴里を知つてる人」（七・一五八）として設定されている。なお、青華は、紅雨を、「小石川の吉野さんの御子息さんだ。」（七・一六八）と言って、妻に紹介している。（荷風は、勝之助の、父親に対する反抗心を、「父は何等の反省する処もなく、其の妻をば終生の奴隷として其の坐臥の雑用に使役して差支ないものとなし、而も此れに対して些かの感謝の念をも見せない（略）、また学僕に向つては己れが富の余裕を以て其が屋根の下に生息せしめ、学費の支給さへしてやつて置けば物質上の保護さへ与へて置けば、それで立派に社会の成功者強力者の美徳に欠ける処がないと思つてゐるらしい」（七・一一九）というふうに、荷風自身の、父親に対する反抗心を極端に増幅した形で表現しているが、この引用文の直前に、「何故なれば、彼は航海から帰つて来た折々に親の家を尋ねて、心の底から打解けて父に話がして見たいと思つても、さて互に顔を見合すと何うしても其れが不可能である事を悟つてゐるからである」(同上)と記されているところから察することができるように、勝之助にも、父親と和解したいという願望を抱かせているのである。そして、荷風は、「……旧時代の厳格なる人物に伴ひ易い些細な(欠点と云へば云ふべき)欠点が、これはまた余りに鋭敏に勝之助の眼に反映しすぎるのである」(同上)という記述においては、父親に対する勝之助の反抗心の非客観性に言及するのである。そして、それに続く、「勝之助は自分でも余りに神経の過敏な事に心付いてゐながら、然しこれまでの思想の傾向として其のまゝに黙視してゐるに忍びない気がする。と云つて、目前の父をば旧時代の代表者として例へ外には現さずとも自分の心の底に兎角の批評を試みる事を、もう若い時のやうに敢てする勇気がない。云々」(七・一二〇)という記述においては、表面上では父親との和解＝親和関係が存立していることが述べられている。そこにも、父親に対する荷風の潜在的和解願望が姿を現している、と理解すべきであると思う。)

「巴里の博覧会にも行つた事があると云ふ南宗画家」(七・一六六)の桑島青華は、「年はいくら多く見ても四十を越した位〔の、「横斜草堂」(七・一五七、一七〇)なる画室で絵筆を執っている、向島の邸宅の主人〕」(七・一六七)として、彼の妻は「もう三十四五かと思ふ丸髷の婦人」(七・一六八)として設定されている。紅雨の父親は紅雨に、「〔桑島庾嶺と云ふ南宗画家は、〕大庾嶺上梅、南枝落北枝開と云ふ処から雅号までを庾嶺隠士と称した位な人だつたからな。盆栽ばかりぢやない屋敷の庭には諸国の梅花を集めて其の画室を横斜草堂と名付けて居られた。梅の画を描かしたら其の墨色の高雅な事は到底今人の企て及ぶ処ぢやない。惜しい事に六十を越して間もなく故人になられたが、然し、其の息子さんも偉い人だ。青華と号して立派に先考の遺業を継いで居られるが、お前は知らんかね」（七・一五七）と話している。その言葉のとおり、青華は、先考・庾嶺の画業を立派に受け継いでいる。青華は紅雨に、「巴里の博覧会」に出かけた訳を、「父が生きて居ります時分に、年寄と云ふものは妙な考へを起すもんで、頻と私を美術学校の先生から帝室の技藝員にでもしやうと思つて、つまり価値をつけて評判を取るために西洋でも見物して来たらばと申すので、私に取つては云はゞ父に対する義理で出掛けたやうなものです（略）」（七・一六九）と語っているが、また、「あゝ云ふ人中へ出したものでは〔＝展覧会に出品したものでは〕巴里の博覧会の時、楊柳燕子の二枚折を出したのが、まづ自分だけでは逸品だと自慢してゐたのですが、西洋の人に買はれてしまつて、無いとなると今では何だか惜しいやうな気がします」（七・一七二）とも語っているように、青華は、三十歳を少し越えた時点で（七・一六九）「巴里の博覧会」に自信作を出品して、恐らく非常に高価な値段が付いて、西洋の人がそれを購入したのである。青華の絵筆の技量は、父親・庾嶺にさえ匹敵するものであるはずである。そして、庾嶺も、息子・青華も、紅雨の父親と同じく、「唐詩選」を始めとする漢詩に並々ならぬ造詣を有している。漢詩の詩句を自由自在に織り込んだ青華の語りは、紅雨を辟易させるばかりである（七・一七一、一七二、参照）。紅雨が青華を「八笑人」の閑談会のメンバーに推薦したのは、そのような青華の、毀誉褒貶には一切、関わらないという姿勢の、超俗的態度に共感したからである。

ここに、「世俗に離れて自己中心の興味に生きてゐる南宗画家の態度」という言葉を導く叙述を引用しておこう。「〔紅雨の言葉に答へて、青華は云つた。〕「植木や花は大好です。世間の毀誉を忘れて天命を楽しむには是が一番よいです。私は木が大好で、古人は已に幾人も百花譜を作つてゐますから、私は百樹百草の譜を作らうと思つて、例へば松とか杉とか柳とか花のない樹や草の趣を写したいと思つて四五年前から大分いろ〳〵な古書を調べてゐます。」／「それア面白い御研究です。」／紅雨は力を入れて答へた。主人の話を聞いてゐる中に不意と仏蘭西のジユウル、ルナアルの事を思ひ合したからである。自ら「幻影を狩する人」と云つたルナアルは「樹木の一家族」と題した一篇に、樹木といふ家族は物音の喧しい処から路傍は嫌ひで荒れた野中に住んでゐる。遠くから見ると一寸這入りにくいやうに思はれるが、近づけば幹の間がすいて居て、鄭重に人を迎へる……と云ふやうな特種の著るしい書振を見せてゐる。それとは発表の方式が全然違ふであらうけれど、同じく樹木を愛好する感想の一致から何となく、世俗に離れて自己中心の興味に生きてゐる南宗画家の態度が慕しくならざるを得なくなつた」（七・一七二―一七三）。

そして、「木の中では何が一番お好きです。」という紅雨の問い掛けに、青華は、「柳などは実にいゝですな。」と答えて、漢詩の詩句を引いて梧桐や槐についてもその詩情的妙趣を語り（七・一七三）、続けて、次のように言う。「何に限らず私は木が好きですから此頃のやうに何処も彼処も開けて来て、折角枝振の面白い木が惜し気もなくどん〳〵切倒されるのを見ると、実に情なくなりますね、それに生木の白くなつた切口と云ふものは、妙に身でも切られたやうな、厭な心持をさせるもんですからな……。何も好んで隠士を気取る訳ぢやありませんが、兎角外へ出ると見たくない厭な事まで見ずには居られませんから、つひ〱斯うして家にばかり引込むやうになつてしまふのです」(同上)。ただし、紅雨の父親が紅雨に「暇があつたら是非一度行つて見なさい。(略)故人の庾嶺先生が高青邱の梅花九律を絵にした六枚折の屛風があるがね、実に天下の逸品だよ」(七・一五七)と言って、紅雨に訪ねさせた青華の邸宅の、横斜草堂が立っている広い庭一帯には、梅の木が繁っている(七・一七〇)。やはり、青華は、「梅の主人」の一人なのである。そして、青華の用いた「隠士」という言葉を受けて、「十五　珍客」で、紅雨は青華のことを、「向島の隠士」と言っているのである。

その「向島の隠士」を小山清に対面させるきっかけを掴むことは、紅雨にも不可能であったに違いない。「十五　珍客」に叙述されている「八笑人」の閑談会に先立って紅雨が青華を清に対面させたという記述は、認められない。「十二　夜の三味線」には、次のような記述が認められる。「長いプラットホームをば汽車から下りて歩く時、清は、／「今度徳井君が帰航して来る時分には丁度時候もよくなるし……是非八笑人の集会を実行したいもんだね。」と云つた」(七・一二五)。冬の或る寒い日の夕刻、清と紅雨が横浜で乗車した汽車が「新橋の停車場」(同上)に到着した時のことである。この引用文に先行して、「其時後から来て、つゞいて其の車に乗込んだ二人の日本人、それは小山清と紅雨とであつた。／腰を下すが否や、今まで歩きながら話して来た其つゞきと覚しく、清の方から、／「考へれば気の毒さ、あの男も。あの年をして何年となく事務長で〔世界を〕放浪してゐるんだから……。」／「吾々はみんな不幸なる過渡期の病児だ。」／（略）」（七・一二二）という記述がなされている。「今まで歩きながら話して来た其つゞきと覚しく」という言葉からも明らかなように、その日、清と紅雨は、商船で出航する徳井のために、横浜のどこかのレストランで歓送の宴を催して、晩方、東京に帰って来たところであった。「十三　都に降る雪」には、明白に、「昨夜訪問した吾々と別れて、今朝の雪には再び遠く欧洲航路の商船に乗つて去つたかの事務長の胸中と同じやう、（略）」（七・一三七）と記されている。そこにいう「昨夜」は、あるいは、「十四　梅の主人」の初めの部分に記されている、紅雨の家の「床の間に据ゑた古木の鉢物」（七・一五七）に、梅花が咲き始めた頃の「夜」であったのかもしれない。というのは、「十三　都に降る雪」には、「……襟元に後から不図冷い風の流れて来るのに、紅雨は振向くと、静にあけた襖の外に手をついて家の召使が一通の書状を示して、使の車夫が其御返事を待つてゐる由を伝へた。／正月の初に浜町の住居で三味線を聞いた以来一度も会はずにゐた旧友中谷さんからの手紙である事は、封筒の面に書かれた勘定流まがひの走書で直に分つた」（七・一三九）と記されていることから明らかであるように、「七　正月の或夜」に叙述されている、紅雨が全く偶然に、中谷夫婦及び子どもの蝶ちゃんと同じ電車に乗り合わせて、中谷の家を訪問した日と、「十三　都に降る雪」に叙述されている、紅雨が中谷に新橋の待合に招待されて、中谷の馴染みの柳橋芸者・小玉に紹介された日との間には、かなりの日にちが置かれているのだから。（荷風の記述の仕方から見ると（とりわけ七・一四九）、その柳橋芸者・小玉は、「四深川の夢」の冒頭の段落の、「……〔吉野紅雨は清の邸宅に〕狂言作者の中谷を連れて来る筈であつたが、今夜は丁度芝居に来て居る馴染の藝者と閉場後に会合する約束の為め、如何ともする事が出来ない由を伝へた」（七・三二）というセンテンスに記されている「馴染の藝者」と同一人物である。）

荷風が『冷笑』に桑島青華を登場させているのは、紅雨が清に、「私は食事をする時ほど女の対手が欲いと思ふ事はない。女の対手よりも音楽が猶一層ほしいです」（七・六〇）、「空想と酒と音楽の三位一体とでも云ひませうか。一度から云ふ過激の刺戟〔＝「私の外国に居た時分の技巧的な刺戟」〕を味ふと、もう最後です、健全な生活の貧弱単調には堪へられないもので、私は今もつて夕飯だけは機会さへあれば東京の都会生活の中でも比較的色彩の多い、比較的音楽の聞き得られる処へ行つて食べやうと思つて居ます。色と響に飢て其れを要求する心持ほど特別なものはありませんね」（七・六一）と話しているように、紅雨を音楽愛好者として登場させたのと双対的に、青華を画家として、具体的に記せば「百樹百草の譜を作らうと思つて、例へば松とか杉とか柳とか花のない樹や草の趣を写したいと思つて四五年前から大分いろ〳〵な古書を調べてゐる〔る〕」（七・一七二）画家として登場させることを意図してのことであったに違いない。桑島庚嶺・青華父子の漢詩に対する造詣の深さには、永井久一郎・荷風父子の漢詩に対する造詣の深さの意識が反映している、と解すべきである。久一郎の没後、荷風は、久一郎の漢詩集を刊行した。桑島父子には、一流の南宗画家であるという共通点の他に、漢詩の愛好者であるという共通点がある。『冷笑』を執筆する荷風の心の中には、漢詩に対する互いの造詣を媒介にして父・久一郎と親和的関係を結びたいという願望が潜んでいたのかもしれない。そして、青華の父親も、小山清の父親や紅雨の父親が息子を西洋に遊学させたのと同様に、青華に――青華の父親の場合には息子に美術の修業をさせるために――西洋に遊学することを勧めたはずである。（「巴里の博覧会」の見物を兼ねて渡欧した青華が僅か二ヵ月で帰国したのは、父親が急逝したという知らせを受けたからであって（七・一六九）、青華はもっと長く西洋に滞在するつもりで渡航したはずである。）そのようなところにも、自分を西洋に遊学させてくれた父・久一郎の恩情に対する荷風の親和的感情が反映している、と解すべきである。荷風自身である吉野紅雨は別格として、紅雨以外の登場人物にも、上述の桑島青華に限らず、笑人の閑談会に参加する資格を認められた人物には、荷風自身の一面が、いろいろな形で投影されているのである。

第三節　諦めを語る笑人たち

一『冷笑』における享楽主義を巡って

『「冷笑」につきて』（『紅茶の後』（明治四四年一一月二五日、籾山書店））において、荷風は、『冷笑』

の執筆意図を次のように述べている。「自分が小説「冷笑」を書かうとした第一の目的は、乱雑没趣味なる明治四十三年の東京生活の外形に向つて沈重なる批評を試み、其の時代の空気の中に安住する事の困難なるを嘆息し、併せてわが純良なる日本的特色の那辺にあるかを考究模索せんとしたものである。／明白に云ひ切つては居ないが、篇中何処ともなしに、自分は現代の西洋文明輸入は皮相に止つてゐて、其の深き内容に至つては、日本人は決して西洋思想を喜ぶものでない。寧ろ日本には西洋人が黄禍論を称へるより、もつと以上の強い排他思想の潜んでゐる事をも匂はしたつもりである。日本を包む空気の中には立憲政治の今とても、封建時代の昔に少しも変らず、一種名状すべからざる東洋的、専制的なる何物かゞ含れてゐて、いかに外観の形式を変更しても、風土と気候と、凡ての目に見えないものが、人間意志の自由、思想の解放には悪意を持つてゐるらしいやうに思はれてならぬ処がある。（略）自分は間違つてゐるかも知れぬが、日本といふ処は、深く考へずして、早く諦めをつけて仕舞ふには、世界中此様便宜な処はないと思つてゐる。これは敢て仏教儒教等の思想の感化ばかりでなく、気候風土が大に与つて力ある所以とも感じられる事が屢ある。／「泣く子と地頭にや勝たれない。」／「長いものには巻かれろ。」／から云ふ諺は西洋の近代思想の中には容易に見出されないものであるが、日本には此種類のものは数限りなく沢山ある。そして、其の発表の形式が妙にすねて滑稽冷笑の調子を帯びてゐる。川柳的に浅薄な、厭味な処が、日本の生活及び思想の根本には最も適合してゐるらしい。自分はいくらか然う云ふ意味をも含んで、わざと「八笑人」のやうなものを持ちだし、題をも「冷笑」と名付けたのである」（七・三一八―三一九）。『冷笑』の笑人たちが語っている思想を把握することが容易でない要因の一つは、右の引用文において明らかなように、《諦める》、《諦めをつける》という心的態度を、荷風が必ずしも肯定的に評価しているのではないという点にある。荷風は、右の引用文において、日本への「西洋文明輸入」は、今もなお日本に潜在している強力な「排他思想」を一掃して、真の意味での「西洋思想」の受容を図り、「人間意志の自由、思想の解放」の「輸入」にまで徹底されなくてはならないことを、強調している。そして、人々が「深く考へずして、早く諦めをつけて仕舞ふ」日本では、それは不可能であると、それに「諦めをつけて仕舞〔はう〕」としている。『冷笑』の笑人たち――彼らは、《雅人》であるか、《粋人》であり、人生、世相を諦観視している――の《冷笑》にさえも、「川柳的に浅薄な、厭味な処」を全く添えていないわけではない、と言うのである。確かに、『冷笑』の登場人物たちは、――笑人たちさえをも含めて――いろいろな場合に、旧い思想、社会の旧い在り方に抵抗することに初めから諦めをつけてしまっている。

『「冷笑」につきて』の、本節の初めに引用した記述の直前で、荷風は、次のように記している。「此間佐久良書房から出版した自分の小説「冷笑」に対して、評壇の或人は快楽主義若しくは享楽主義を歌ふものとして、専ら此の方面からのみかの小説を評論せられた。／成程「冷笑」の篇中には、評家をして此の如く思はせるやうに、到る処享楽主義の匂ひが瀰漫してゐたかも知れぬ。然しこれは意識したる作者の企ではなくて、あまりに享楽的なる其の人格をば、作者は少しも作品の背部に幽閉しやうと勉めなかつた為であらう。其の結果は、作者が最初から意識して強ひても言はんと欲した部分を薄弱散漫たらしめ、却て然らざる部分に重きをなさしむるに至つたのである」（七・三一八）。『冷笑』を読み返してみると、既に「二　虫の音」において、歓楽の謳歌がなされている。吉野紅雨は、知り合ったばかりの小山清に、「〔自分の新著『恍惚』は〕風俗を壊乱するものだと云ふ事で発売を禁止されました。」（七・一四）、「全体あの『恍惚』と云ふ作は詩の感興と恋愛の快楽を歌つたので、政治や国家の問題とは少しも関係のない事なんですから、其れがいけないと云ふ理由は頗る解釈に窮するわけです。矢張東洋思想の常として恋愛詩歌と云ふやうな方面を一図に人心を腐敗せしむるもの……つまり文学亡国的の漠然とした思想が其の土台になつてゐるのでせう」（七・一五）と語り、続けて、「恋愛や詩歌の歓楽を罪悪の如くに厭み嫌ふ」（七・一五）当時の日本人の道徳観を支配していた思想に対抗する形で、「私は生命のある限り歓楽ばかりを歌ふつもりだ」（七・一八）と、「恋愛や詩歌の歓楽」を謳歌する大弁舌を揮うのである。ただし、紅雨が清に、「〔二十歳の時分〕私がこんな文藝の遊戯に耽つて居る間に、中谷は三味線を弾いたり踊つたりして遊んだ。無論これは自己の興味を中心として居たものだけれど、然し又幾分か他の方面に利用しやうと云ふ考へもないでは無い。中谷は草双紙に養はれた思想から、歌舞音曲の技藝は美しい男の外貌を更に美しくして、女から愛される機会を更に多くするものだと信じて居たからで。云々」（七・三六）と語っているところからも察せられるように、若き日の中谷は、紅雨を上回る《歓楽の人》であり、その意味での《享楽主義者》であった。紅雨は、十九世紀後半のフランスの文学思潮を汲んだ《歓楽を歌ふ文学者》であり、その意味での《享楽主義者》であって、花柳界での遊蕩に耽溺するといふ意味での《享楽主義者》ではない。「十二　夜の三味線」――東西の音楽の比較論が展開されている珠玉の一章――においても、荷風は、紅雨を新橋の色町の横町に立ち止まらせ、芸者家で半玉たちが三味線の稽古をしている、その三味線の音色に聴き入っている紅雨に、三味線の音色に伴う、西洋音楽には感得されない固有の悲哀について語らせるのである。『冷笑』で芸者が登場する場面が描かれているのは、「十三　都に降る雪」においてのみである。中谷についても、他の章では、芸者と一緒に座敷にいる場面は描かれていない。荷風は、むしろ徳井に託して、自分の芸者観を語っている。

『冷笑』の「十一　車の上」には、「よく世間に聞かれる煩い家族的関係が屡新夫婦の幸福を妨げる実例を捉へて直に日本在来の家族本位の制度を人類幸福の敵なりと宣言してゐた」（七・一一四）徳井勝之助は、「〔一旦は彼が〕共に上海か然らずは台湾あたりまで逃亡しやうと申出した」（七・一一五）元の恋人、芸者・かし子――彼女は、当時、売春もさせられていた――のことを、自分を横浜に訪問した小山清と吉野紅雨に、次のように語っている。「……かし子には兎に角高等女学校の二年位まで進んだ教育があつた。よく雑誌も読む、小説も読む。羅馬字つゞりも知つてゐる。絶えず学問をしたがつてゐる。芝居を見に行つた時、不義はお家の御法度だと云つて、首を斬らうとする奴も、おとなしく首を斬られやうとする男女も、其の御法度を動かし得ぬ法則として満足してゐるのを実に可笑しいと云つて笑つた事があつた。実證は諸君に対しては或は不充分であるかも知れぬが、兎に角私はそう云ふ極めて些細な彼女の感想の閃きを捉へて此を考究して明治二十年代に生れた彼の女の思想は、昔の女が所謂吉原御殿へ、主の為め親の為めと云ふ一図の感念で身を沈めたものとは全然違つてゐる点を確めた。此確定はつまり個人解放の勝利を示した第一歩ではなからうか。一図に私はさう思ひ込んでしまつたのであるが、事実に差当つて見ると、まだ〳〵時期は来て居ない。／私はあまりに自分の理想に捉はれてゐた。自分の理想の実行に対してあまりに急り過てゐた。私はかし子に向つて、一刻の猶予もならぬやうに其の決心を迫つた。お前の父は生計に窮してゐると云つてもまだ足腰のたゝないほどの老人ぢやない。お前がなまじ尽す処があるから、父は却て不知の間に娘の賤業〔＝売春〕に依頼するやうな不徳を敢てするのだ。（略）かし子、お前は女と云ふ肉体をば法律の禁止以外に利用してまで、父をして許せない不徳に安坐せしめるか。或は涙を振つて新しい道徳の先鋒に立つか。問題はこの二ツだ。私は何もさう六ヶ敷く論じ立てたのではなかつたけれど、普通の藝者とは少く違つた教育もある女だから私の心持の幾分かは分るだらうと思つて、さま〴〵に説いて見たが、かし子はつまる処私に見捨てられたくないと云ふ哀な又優しい女気一ッで、唯はい〳〵と答へるばかり。もう決して最初寝物語した時のやうに、私に向つては一家に対する不平と自分の賤業婦〔＝売春婦〕たる境遇の苦痛を、勢ひ込んで訴へぬやうになつた。寧ろ其れを恐れつゝしんでしまつた＊（七・一一五—一一六）。徳井の「心持」が、自分の薄倖な身の上に諦めをつけて、そこに安住してしまっているかし子に通じるはずはないのであった。

「十一　車の上」には、「彼（＝徳井勝之助）は今日の如き社会組織の下に生活の幸福を謀らうとしたならば、繋累相倚り相続いて殆ど共倒れの形になつて仕舞ふ旧習をどうしても破壊しなければならぬと信ずるもの丶、また情実のいかに忍びがたいものかを思ふ。彼は歴史が語る過去に鑑みて革命の必要と其効果を認め、これに対する妨止の却て不当なる事を信ずるだけ、今更に革命なるものが何れだけ多くの、何れだけ悲惨な弊害を伴はすものかに心付く。最も望ましい方法は保守の旧派側がその運命を自覚して、破られざるに先だつて自ら破れ退いてくれる事だ。そして夫がまた人間の弱点として不可能と定められてある以上には、茲に血と涙とはいかにするも避くる事のできないものであらう」（七・一一八）という記述が認められる。「高輪のはづれなる父の屋敷」（同上）へ向かって自分の乗った車（人力車）を難儀しながら曳く、年老いた車夫への憐憫によって不意に喚び起こされた、世界周航者として民主主義の制度・ジッテを知り尽くしている勝之助の、日本の国家・社会の旧い在り方に対する確固たる批判的考えが、叙述されている。（なお、その年老いた車夫への憐憫が、勝之助の「兎に角自分も生れて人の子たる以上、心の底から例へ一瞬間でも自分の父を愛したい、敬ひたい」（七・一一九）、「心の底から打解けて父に話がして見たい」（同上）という思いに対応していることに、留意されたい。付言すれば、既に荷風は、勝之助のその思いに、父親に対する己の秘められた願望を投影させているのである。）この記述がなされているのは、前段落の、＊を付した引用文で結ばれている段落――それに続く二つの段落は、同段落の続きであり、かし子に「個人解放」をさせることができなかったという、勝之助の語りに充てられている——の、五つ後ろの段落においてである。したがって、この記述は、《身売りされた芸者の解放》という勝之助の考えをも念頭に置いてなされたものである、と解されなくてはならない。

なお、「一　淋しき人」には、小山清の芸者観が、次のように記述されている。「彼〔＝清〕は家庭に慰藉のない多くの人が必ず迷つて行くべき燈火の巷に、時として夜半の車を走らして見る事もないではなかつたけれど、不幸にして巴里の繁華を目にした事のある清には、有名だと云ふ新橋の藝者〔＝新橋の有名な藝者〕もそれほどには美しく見えなかつた。彼は以前から、今日の藝者と云ふものは徳川時代の社会的道徳の欠陥から生じた其のまゝの遺物であつて、全然現代的文明の状態には一致しないものだと思つて居る。何故と云つて若し吾々が社会及び個人的義務責任等の窮屈な規則正しい生活の反動的慰藉を彼等によつて要求するならば、此れほど見当ちがひの事は恐らく有るまい。其の根本が人身売買の悪弊から産出した藝者は、吾々よりも最つと苦しい義務と責任に束縛されて居る人達だ。音楽家として賞讃したくも其れだけの技能がないし、談話の敵手としては殊更に知識が欠乏して居る。其れなら単に肉楽の目的物として見ても、彼等はいつでも胸底に極くさばけない、偏狭な江戸的道徳観を固持して居る上に、食料の不良と摂生の不足から、充分なる肉体の実感的美麗をすら有して居ない。／此れ等の理由から清は藝者を寧ろ不愉快なものだと思つて居る。歌麿や北斎の浮世絵と同様に、徳川時代の遺物として歴史的興味を以て眺める以外には、決して何等の意味もないものだと思て居る」（七・六—七）。既に見たように、小山銀行頭取・小山清は、「ハアバアト大学を卒業して世界を漫遊して来た紳士」であって、西洋の近代文化に与する人物の代表格——シェーラー倫理学の用語に即して言えば、「典型（Typus）」——である。（それに対して、中谷は、日本の伝統的文化に与する人物の代表格である。紅雨は、西洋の近代文化への傾倒から日本の伝統的文化への傾倒に移行しつつある、両極的人物である。なお、荷風は、私がここでいう「文化」に「文明」という言葉を当てている。）小山清という登場人物に荷風自身の自己イメージが多分に投影されていることは、確かである。荷風が小山清に託して己の思想を語っている——もちろん、清に語らせ得る限界内で語っている——ことも、確かである。ただし、『冷笑』を執筆した時点において、既に荷風は、花柳界での遊蕩に沈湎していた。それは、荷風が吉野こう（新橋芸者・富松）に心底から惚れ込んでいた時期に当たる。荷風は、『冷笑』の登場人物の夫々に、己の思想の一端を語らせている。そして、荷風は、それらの登場人物の様々な語り・思想の綜合＝止揚を、吉野紅雨の思想において実現しようとしている。小山清の芸者観は、当代の人々の芸者についての一般的な見方を代弁するものであって、荷風自身の芸者観を代弁するものではない。既に我々は、荷風が「中谷は陋劣《ママ》な花柳社会の人と同等の地位まで自分の身を引下げて、お互に友達同志になつて、云々」（七・五二）と記しているのを見た。荷風が「花柳社会の人と同等の地位まで自分の身を引下げ〔る〕」中谷の態度に与していることは、言うまでもない。清は、中谷と違って、芸者を「徳川時代の遺物として歴史的興味を以て眺める」だけである。金力に物を言わせて「藝者茶屋女」に対して「いつも威嚇的圧伏的の態度に其品位を保つてゐる」、花柳界の遊客の《紳士》――ジェントルマンたち――（同上）とは違って、西洋の「社会的道徳」を直に体得してきた清は、「今日の藝者と云ふものは徳川時代の社会的道徳の欠陥から生じた其のまゝの遺物であ〔る〕」こと、「〔藝者は〕其の根本が人身売買の悪弊から産出した〔徳川時代の遺物である〕」ことを、明確に洞察している。そのことを洞察しながらも、清は、その「人身売買の悪弊」を傍観視しているだけである。そして、清が「彼等〔＝藝者たち〕はいつでも胸底に極くさゝばけない、偏狭な江戸的道徳観を固持して居る」ことを指摘していることからも予想されるように、徳井勝之助にも、恋人の芸者・かし子を《身売りされた芸者》という境遇から解放させることは、不可能であった。「偏狭な江戸的道徳観を固持して居る」かし子には、西洋社会に行き渡っている人権意識が欠けていたのである。（ちなみに、かし子における人権意識の欠如を、荷風は、次のような記述によって表現している。「彼〔＝徳井〕は先づ恋人に向つて共に上海か然らずは台湾あたりまで逃亡しやうと申出した。ところが……／「駄目だ、駄目だ。とてもまだ今日の女性には其れだけ深く自己を信ずる力がないと云ふ事を見抜いた。」」（七・一一五）。ここでは、「深く自己を信ずる力」という言葉が《自己の人権の意識》に対応している。）かし子の人権意識の欠如が、徳井がかし子を妻に娶ることの障碍になったのであるが、徳井は、その人権意識の欠如の起源を日本の道徳史に即して明確に把握している。荷風は、次のように記している。「〔「いかにするも取除けがたい」〕障害の壁は金の問題ではなくて、実に恋人其人〔＝かし子〕の思想の根本を支配してゐる道徳の観念であつた。時代から時代にと伝へ伝へて玆に少くとも幾世紀間、日本民族の形造つた国家と社会と家庭の秩序を維持して来た実に底知られぬほど根の深い其の観念の、さま〴〵に変形した末端の一ツであつた」(七・一一三)。《逃亡》という手段を講じてかし子を《身売りされた芸者》という境遇から解放させることを諦めざるを得なかった徳井は、「恋人其人の思想の根本を支配してゐる道徳の観念」の批判、したがって、日本に根付いている旧い道徳の観念の批判には踏み込もうとはしていない。徳井は、旧い道徳の観念を変革することは無理であると、旧い道徳の観念の変革に初めから諦めをつけてしまっているのである。もちろん、花柳界には、芸一筋に生きている、れっきとした芸妓＝芸者がいる。しかし、当時の花柳界に沢山の《身売りされた芸者》たちが身を沈めていたことも、社会史的事実である。荷風が《身売りされた芸者》たちの薄倖な境遇を冷徹に観察していることについては、『おかめ笹』での記述を見れば明らかである(十三・一五〇、参照)。しかし、荷風は、『冷笑』の登場人物の誰にも、《身売りされた芸者の解放》の思想を語らせようとはしていない。荷風は、今すぐに《身売りされた芸者の解放》、その意味での社会の変革を図ることは無理であると考えて、その思想を実現することに諦めをつけてしまっていたのかもしれない。「二　虫の音」において、荷風は紅雨に、まず「恋愛や詩歌の歓楽」を——それらを「罪悪の如くに厭み嫌ふ」「東洋思想」に対抗させる形で——力説させている(七・一五)。『冷笑』において謳われている《享楽主義》は、そのような意味での《享楽主義》なのである。『「冷笑」につきて』は、次のような記述をもって結ばれている。「自分の著作「冷笑」は享楽主義をのみ歌つたものではない。寧ろ享楽主義の主人公が、風土の空気に余儀なくせられて、川柳式のあきらめと生悟りに入らうとする苦悶と悲哀とを語らうとしたものである。編中第十二回の「夜の三味線」の一章は、誰が何と云はうとも、自分だけには兎に角、真心から出た文章である。自分は時々自分自ら繰返して読む事を楽しみとしてゐる」（七・三二〇）。「十二　夜の三味線」については、後に論及する。

二　日本的心性としての諦め

「二　虫の音」の、「恋愛や詩歌の歓楽」という言葉が記されている記述を見ておこう。吉野紅雨が、知り合ったばかりの小山清に向かって「蟲の音をも忘れて段々調子高く論じ出した」（七・一五）言葉である。「私は一体東洋思想が何う云ふわけで恋愛や詩歌の歓楽を罪悪の如くに厭み嫌ふのか殆ど其理由が分らない。兎角に難行苦行を説いた仏教の感化とも思ふ。* 西洋でも恋愛の幸福中に悲哀の感想をつぎ込んだのは基督教の致す処だと云ふ詩人があつたが、然し其れはずつと高い思想上の話で、日本のやうに日常の道徳にまで恋愛を敵視するのとは全然訳が違ふ。私は子供の時分家庭や学校から受けた教育の如何を回想して見ると、日本人ほど自然の行為と其れから得られる正当な快楽を恐れ誡める国民は他にあるまいと思ふ。（略）何か、面白い事でもあつて子供が無邪気に一生懸命に遊んで居ると監督者の地位に立つものは必ず妙に理由をつけて意見をする。何につけ意見をしないと監督者は其の威厳を保つ事が出来ないやうに思つてゐるらしい。

凧を上げるのでも毬を投げるのでも、子供の楽みに対する敵はいつでも父か教師である。（略）昔から今日まで代々順送りにさう云ふ邪気満々たる教育を受けて来た世の中だから、私が一寸した恋愛の快楽を書いても、直に悪く汚く取るのは敢て怪しむに足りない事だ」（七・一五―一六）。引用文中の＊を付したセンテンスが、「東洋思想」（日本の道徳）が「恋愛や詩歌の歓楽を罪悪の如くに厭み嫌ふ〔理由〕」を言い当てているかどうかを判断することは、私には困難である。あるいは、荷風は、《忍従》という、西洋には見られないジッテが、仏道修行における「難行苦行」――全ての宗派で「難行苦行」が仏道修行に課せられるわけではないけれども――に起源している可能性を想定して、「仏教の感化」を持ち出しているのかもしれない。「恋愛や詩歌の歓楽を罪悪の如くに厭み嫌ふ」道徳観には、そして《忍従》を強いてきた日本人の旧い道徳観には、《儒教の感化》が顕しく反映している。しかし、《忍従》と《諦め》とが表裏一体のものであることを強調しようとする荷風は、ここでは《儒教の感化》に言及することを意図的に控えているのである。（ちなみに、『「冷笑」につきて』の、前引の、「日本といふ処は、深く考へずして、早く諦めをつけて仕舞ふには、世界中此様便宜な処はないと思つてゐる。これは敢て仏教儒教等の思想の感化ばかりでなく、気候風土が大に与つて力ある所以とも感じられる事が屢ある」（七・三一九）という記述においては、荷風は、日本人に顕著に見られる《忍従する》という態度、及び《諦めをつける》という態度に儒教思想の感化を認めている。ただし、『冷笑』においては、《諦め》という日本人の心性に根本的な影響を及ぼしているのは、「宗教道徳」であるよりも、むしろ「風土気候」であることが強調されている。荷風は、「十五　珍客」で、紅雨に次のように語らせている。「……唯東洋の風土気候の見えない処に、必ず何物か、人を諦めさせる力が潜んでゐるに違ひない、と云ふ事を感ずるのです。宗教道徳の感化を論ずるよりも一歩先立つて、私はあの気味悪い茸や蜴蜥や蛞蝓青苔などが比較的沢山発生する東洋の湿地からは、どう云ふ約束があつて彼云ふ思想が生じたかを知りたいのです、（略）」（七・一七八）。）

『「冷笑」につきて』で、荷風は、次のように記している。「自分は日本の為政者が維新以来急進に新しい泰西の文明を輸入しながら、事実は果してかの米国の良民の如くに、能く個人の権能を尊び、神聖なる自治自由の精神を赤心から喜び迎ふるものなるや否やにつきても、多少の疑ひを持たざるを得ない場合すらある。其の実例を一々玆に列挙する事は自分の憚り恐れる処である。自分は時として日本人中に、かの平和の大戦士ルウズヱルトが「不正と見たら飽くまで戦へ。」との一語を繰返して云ふものあるを聞くけれど、そは米国人が米国人に向つて云つた言葉であつて、日本現時の政治及社会的事情には全く適せぬ事だと思ふ。日本は特別の日本であつて、米国ではない。正義でも不正義でも、そは論ずる処にあらず。唯だ従へ、唯だ伏せと云ふこの一語が、日本に生活する限り最も吾々の生命財産を安全ならしむる格言ではなからうか」（七・三一九―三二〇）。『冷笑』の根底には、我が国に根付いている旧い道徳の制縛――それからの解放――に諦めをつけ、それに忍従せざるを得ないという思想だけでなく、明治国家の方針・在り方――「西洋文明［の外形的］輸入」（七・三一八）――に諦めをつけ、それに忍従せざるを得ないという思想も存しているのである。『冷笑』には『新帰朝者日記』におけるような鮮烈な社会批判的態度は認められない。そして、『冷笑』においては、《忍従》と《冷笑》とが、表裏を成している。道徳を始めとして、人々が――多くの場合、自覚しないまま――忍従している旧い考え・旧い思想が支配している世の中の全てに諦めをつけざるを得ないことを悟得した笑人たちが、《冷笑する》のである。直接、世の中の有様を《冷笑する》のではなくて、《冷笑》という形で、――場合によっては、他の笑人の口を介して――自分の生き様と思想を語るのである。

荷風は、諦めを決して否定的に評価しているのではなく、物事・事態を諦観することの重要さを十分に認識している。例えば、「四　深川の夢」の紅雨の語りの中には、「おきみさんは私が前にも話したやうに、極めて諦めのよい女であると共に、少しも人を怨まない、人の欠点を非難しない性質をもつて居たので、(略)」(七・四七。圏点は引用者)という記述が認められる。そして、我々は、荷風が『「冷笑」につきて』で、「編中第十二回の「夜の三味線」の一章は、誰が何と云はうとも、自分だけには兎に角、真心から出た文章である。自分は時々自分自ら繰返して読む事を楽しみとしてゐる」(七・三二〇)と述べている「十二　夜の三味線」の妙趣を、芸者家から漏れ来る「夜の三味線」に聴き入る吉野紅雨に託して、荷風が諦めについて語っている点に感得することができるのである。

荷風は、「十二　夜の三味線」で、次のように記している。「……良家の娘はもう母の懐に抱かれて安楽に寐てゐる時分、起きて坐つて寒い夜更にあゝして歌ふ小娘の不揃ひの声の底には、藝術の練習苦心の情の伺はれるのではなくて、唯姐さんと云ふ尊重者の叱嘖を恐れる服従と忍耐の果敢い諦めと、其から生ずる悲痛が思ひ知られると共に、斯うした江戸遊里の恋の破滅を歌つた音楽は立派な公会場で堂々たる主張の意気込を以て立派に上手に歌つてしまふものよりも、人目を憚る薄暗い裏通の物蔭に潜んで何等の深い思想の煩悶も反抗をも抱き得ぬ女々しい心持で、出来る事なら矢張伊左衛門とか忠兵衛とか云ふ境遇に身を落として、そして全く藝術的批判の意識を離れて、あゝした未熟の稽古唄を聴くに於て、初めて其の真味を解し得るものだ……と紅雨は感じた」（七・一二八）。ここでは、半玉たちの《忍従》についての記述に並行して、「夜の三味線」に感得される、日本の音楽の「悲哀の味」（同上）についての記述がなされている。日本の音楽の「悲哀の味」についてのその記述は、右の引用文に続く段落の、「これは何も今夜に限つた新しい感想ではない。いつぞや音楽学校の演奏場に開かれた何かの慈善会に、紅雨は丁度帰朝して間もない時分の極めて鋭く厳しい観察批判の態度を以て出掛けて行つた時である」（七・一二九）、「［そこで演奏された、西洋の音楽と日本の音楽とを］聴き比べて紅雨は東西の音楽の余りに甚だしい差別に対して唯々びつくりして仕舞つたのである」（同上）という記述において明らかなように、荷風が、己自身である帰朝者・紅雨の東西音楽比較論的所見を披瀝したものである。この引用文に続く段落には、次のように記されている。「［「唯々びつくりして仕舞つた」時の］突差の感情は紅雨の胸には寧ろ堪へがたい程残酷なものであつた。（略）西洋の音楽に表れた人間の感情には、例へ如何なる絶望悲哀の中にも力がある叫びが潜んでゐる。絶望も死も破滅も決して空《くう》に回《かへ》り無に帰するのではなくて、其れから後に来り生ずべき何物かの暗示である。吹く風に倒される樹木の、倒れると共に格闘の後の敗北の悲壮極まりなき響を四方に伝へるに引換て、日本の音楽は明い朝日の光にも人の見ぬ間に独り淋しく萎れてしまふ朝顔の花のやう、其の伝へる印象は例ひ如何なる歓喜幸福を歌ふものにしても、必ず特別の悲哀を伴はす。この悲哀は西洋音楽に味はれるやうな動的のものでないから、聴者はいかにするとも其の何が故何の為めかと明かに解釈する事はできぬ」（七・一二九―一三〇）。「空《くう》に回《かへ》り無に帰する」という言葉から窺うことができるように、ここでは、日本の音楽に固有の情調の基底には仏教思想が存していると考える紅雨の――したがって、荷風自身の――思想が示されている。日本の音楽・文学に見られる悲哀の感情は、仏教の無常観と深い関わりを有するものである。一切を諦観視する、仏教的解脱の境地は、悲哀を超越したものである、と考えるべきであろう。しかし、日本文化に特有な悲哀の感情が、仏教の無常観に起源するものであることは、確かである。そのことは、右の引用文に続く段落において、次のように明言されている。「……それは西洋音楽の発達を中世紀基督教の信仰から引離して論ずる事ができぬと同じやうに、日本の音楽は末代になつた江戸の俗曲に於てさへも一ッとして仏教と交渉のないものはない。声楽は其節付からよりも已に東洋人の声柄からして仏徒の読経に等しい処があり、又琴三絃笛皷の如き楽器が伝へる音調も同じやうに、不動静止の暗澹たる悲哀以外に何等其他の感情を動かす能力を有して居らぬ」（七・一三〇）。（以下、本節においては、「東洋」、「東洋的」という言葉は、「日本」、「日本的」と等意の言葉であることを、断わっておこう。)

紅雨は更に、日本の音楽が奏でる悲哀の情調が、西洋の風土とは異なった日本の風土の特殊性によるものであることをも、洞察している。右の引用文に続く段落には、次のように記されている。「此の暗澹たる東洋的悲哀は幾代となく遺伝的思想の修養を経て来たものゝ心にしか其の味は解せられぬ。其の空気の中に生れて其空気の中に生きてゐる吾々は唯沈黙してかゝる悲哀の存在を承認するばかりで、其の是非を論ずべき完全なる資格はない。よし論じ得たにした処で、吾々は東洋の土上に発育した以上東洋の土壌の底から発散する空気を呼吸しない訳には行かないからである。紅雨は敢て音楽のみに止まらず、そが祖先の残してくれた凡てのものは何れも云ひ合したやうに、西洋には見られなかつた此の特種の悲哀を語つて居る事に驚かされる」(七・一三〇)。ここでいう「東洋の土壌」とは、東洋の風土のことである。右の記述がなされている段落においては、右の引用文に続けて、「クリスマスの夜に聞く基督教の寺院の鐘〔の音色〕」と「仏寺の鐘楼から打出される鐘の音色」、「基督教の寺院の建築〔=建築様式〕」と「仏教の寺院〔の建築様式〕」、「基督の画像」と「弥陀の像」、「彼ラオコオンの像」と「摩里支天の像」について、それから受ける印象の差異性が述べられ、次のように結ばれている(以下、七・一三〇―一三一)。「……東洋にはミケルアンジユがシキスチン礼拝堂の天井に描いた『審判の基督』に比するやうな剛壮強健の気風の中に又堪へられぬ苦悩と溢るゝばかりの希望をも籠めた藝術品は甚だ乏しい」。そして、段落を改めて、「其の代り、東洋の藝術は皆忍辱の悲しい諦めと解脱の淋い悟りを教へてゐる。人は余りにかゝる比較の突飛なるに呆れて笑ふかも知れぬ……そら今現在半玉が藝者家で稽古してゐる江戸遊里の情を写した清元の一曲。／「腕に二世と堀の内、苦界の中野たのしみも、今はせかれて逢ふ事も、たま玉川の流れの此身、かんにんしてとばかりにて後は涙に声うるむ……。」／この歌謡だけを取つて来ても、試みに此れをワグナアの楽劇に聞れるトリスタンとイソルデの猛烈なる恋の言葉に比較して見たらどうであらう」（七・一三一）と記されている。それに続く段落では、イソルデの言葉を引きながら、「さう云ふ熱烈狂激なる感情の曝発は東洋の文明が始つて以来茲には其の正等なる存在を許さなかつた」点を指摘して（七・一三一―一三二）、「東洋の教義」（日本に定着している旧い道徳）が「人間の熱情」の流露を沈圧してきたことが力説されている。荷風の記述を引用しよう。紅雨が「半玉が藝者家で稽古してゐる江戸遊里の情を写した清元の一曲」に聴き入りながらの感想であることに留意して、お読みいただきたい。「淋しい東洋の教義は人間の熱情の上にいつも義務と云ふ大きな重量を置いた。熱情は義務を遂行する目的の為のみに運用されべきもので、決して感情其自身のために発動されてはならぬものとしたらしい。愛国報恩復讎等の名目の下には吾々の祖先は殆ど超自然の熱情を発揮させたけれど、恋愛と称して其の素質に於ては同一と見るべき感情の流露に対しては無理無体の沈圧を試みるのみであつた。燃上るべき焔に道義の水を濺いで打消さうとした苦悶の底に、東洋的特種の声なき悲哀が示されるのも無理ではない。而して其の最も完全なる例證は遊里の恋の果敢さを歌つた徳川時代の音楽であると紅雨は思つた」（七・一三二）。段落を改めて、更に次のように記されている。「何故なれば、此の時代の遊女の境遇が已に忠孝の道に其霊と其肉を捧げた犠牲の結果であつて、自然の人情として忍び得べからざる凡ての行為を制度法則の前に忍び従はせて、万客の卑しき歓楽に無限の悲愁を宿す三界火宅の一身を逆らふ事なく弄ばしめる。たま〳〵此苦界の憂き勤めの慰藉として、恋愛の夢を見る事はあつても其は決して、今日の吾等が遠い西洋思想から学んで見たやうな、希望の光明ではなくて、寧ろ現世の執着から脱離すべき死の一階段である。彼の女と彼の男等は遺伝的精神修養の、驚く程堅固な忍耐と覚悟を以て、いさゝかも無惨なる運命に対して見苦しい反抗や浅果敢な懐疑の狂声を発せず、深く人間自然の本能を罪悪だと観念し、過去一切の記憶を夢と諦め、現実の自己を恐怖嫌悪の中心と見定めて未来永劫の暗黒に手を引合つて落て行く。今東洋の都市の美々しい表通の到る処に新しい福音の鐘の音は響くとも、それは丁度文明の汽車の響の凄じい線路の土手にも、草の葉蔭には猶蟲の音の聞かれると同様に、裏街の濁つた水の溝渠に添うては、暗夜に彷徨ひ歩く絲の囁きの打消されずに残されてある。其れに少時耳を傾けよ。竹本、富本、豊後、清元、いづれにしても吾等の祖先が興した音楽は、人間の生命の断末魔に於ける感動を伝ふるにも、唯だ三条の弱い絲から発するメロデーだけで充分だとなした。西洋の管絃楽に見る如きハルモニイと云ひポリフオニイと云ひカウンタアポイントと云ふカノンと云ふ如き複雑多様の組立を必要としなかつた此点ばかりから見ても、紅雨は又いかに東洋音楽の単純無変化なる其の低調に対して堪へがたき寂寞悲哀を感ずるかを知つた」（七・一三二―一三三）。この段落の前半の三つのセンテンスにおいては、（紅雨は「江戸遊里の情を写した清元の一曲」に聴き入っているゆえ）徳川時代の遊女（敷衍して言えば、遊里の女性たち）の、拘束された自分の身の不幸に諦めをつけざるを得ない悲哀が、そして、遊客と恋に落ちても、その恋愛を此の世では成就できない悲哀が、述べられている。また、後半のセンテンスにおいては、紅雨が東洋音楽（竹本、富本、豊後、清元）に「堪へがたき寂寞悲哀」を感じることが、述べられている。そこには、「夜の三味線」に託して、実に見事な、《悲哀》、《諦め》という日本人の心性についての論が、展開されている。そこに、帰朝者・荷風の西洋音楽についての深い造詣――とりわけリヒャルト・ヴァーグナーの楽劇（オペラ）についての深い造詣――と、彼の日本音楽についての造詣が反映していることは、言うまでもない。

なお、《諦め》が日本の風土に由るものであることについての指摘は、『「冷笑」につきて』においてもなされている。『「冷笑」につきて』には、「……日本といふ処は、深く考へずして、早く諦めをつけて仕舞ふには、世界中此様便宜な処はないと思つてゐる。これは敢て仏教儒教等の思想の感化ばかりでなく、気候風土が大に与つて力ある所以とも感じられる事が屢ある」（七・三一九）という記述がなされている。そこに見られるように、荷風は、《諦め》という日本的心性の風土論的特性を指摘している。日本とは異なった風土で長いこと生活してきた荷風ならではの、的確な指摘である。

三　吉野紅雨の芸術観とその根底にある諦観

『冷笑』に登場する笑人たちは、明治の国家・社会の在り方に批判的眼差しを向けながらも、依然、旧い道義観——H・ベルクソンのいう「閉じた道徳」——によって日本人を支配している国家・社会の権力に抵抗しても無駄であることを洞察している点においては共通性を持っているが、各人のユニークな考え方・信念を放棄して他者に迎合することはない、そういうキャラクターの持ち主ばかりである。荷風は、笑人たちの全てに託して己の思想（芸術的趣味をも含む）を物語っているが、笑人たちのバラエティーに富む考え方・信念を止揚（aufheben）して、己の思想をまとめ上げる役割を、吉野紅雨に委ねている。

本節においては、紅雨の芸術観を辿ってみよう。

「五　二方面」には、中谷丁蔵の花柳社会観についての叙述に続けて、紅雨の経歴が、次のように記されている。「紅雨は七八年前に丁度中谷が洲崎のおきみさんと結婚した時分、いろ〳〵な方面から放蕩の尻が割れて来たために、厳格な父親が手をつけかねて外国へ追ひやつた。そして真面目に反省改心して一生涯前途の方針を立て丶来いと命じたのである。紅雨が最初に行つた先は米国であつたので、一ッは其の国の風習に感染すると共に、一ッにはさういつまでも家庭からばかり生活の補助を受けるのを心疚しく思つて、米人の家庭のボーイになつたり料理屋の給仕人になつたりして、軈て其の地の銀行に身を落ち着けた。けれども、紅雨はどうしても藝術を忘れる事が出来ない。芝居を見るにつけ、美術館の陳列品を見るにつけ、公園の石像を見るにつけ、音楽を聞くにつけ、彼はそもそもの最初はお坊ちゃんのお道楽から這入つて見た文学であるが、その為めに一生を犠牲にしても決して怨みのない自覚を得た。彼は銀行の書記たる職業を利用して、彼が信じて藝術の都となした巴里に渡つた。そしてパルナス派当初の詩人がやつたやうなボエームの生活を味はつて半分病気になつて帰つて来た。新奇をめづる故国の文壇は嘗て社会が秋葉原にチャリネーの曲馬を賞し、近頃には浅草で活動写真を喜ぶやうに彼を迎へた。彼を迎へたのは単に文壇のみではない。今日まで文学には無頓着であつた政府までが其の著作の二三を発売禁止して、社会一般の好奇心を挑発する労力をさへ惜しまなかつた」（七・五二―五三）。ここには、荷風の経歴がほぼそのままの形で記述されている。

そして、右に引用した記述を踏まえて、紅雨の芸術観の変遷が、以下のように記述されている。「けれども紅雨はかくも自分を歓迎して呉れる新しい日本に対して心から満足する事が出来ない。新しい時代の新しい凡てのものは西洋を模して到底西洋に及ばざるものばかりなので、一時は口を極めて其の愚劣、其の醜悪を罵しり、東洋の土上には永久藝術の花は咲くまいとまで絶望したが、半年一年とたつ間に、彼は二十時代の過去を思ふともなく回想するにつけ、今ではすつかり埋没されて仕舞つた旧い時代の遺物には捨てがたい懐しさと、民族的特色の崇拝すべきものゝ存在せる事を感じ出した。これは決して老人の骨董趣味ではない。現代に失望した夢想家の美的憧憬が必然かくの如くならしむべき正当の傾向であると紅雨は自ら解釈した。見よ、写実主義を主唱する事に於て決してヱミルゾラに劣らなかつたヱドモン及びジユウル、ド、ゴンクウルは最も精密なる十八世紀の研究者であつた。古典の音楽を破壊したワグナアは新しき藝術の開祖であると同時に北欧の最も古き伝説の探究者であつた。伊太利文学最近の傾向を伺つても、ダンヌンチヨやパスコリは何れも遠き過去に葬られてしまつた民族的光栄の追慕と記念によつて新しい何物かに到着しやうと勉めて居るではないか。紅雨は一番已れに近い徳川時代を回想しない訳には行かなかつた。／その最初の動機は一日芝の山内を散歩した折に、路傍に立つた後藤伯の銅像の製作が何等美術的感興をも起させないのに反して、其の後に寂しく忘れられて眠つて居る霊廟の建築が、中へ這入つて見ればます〳〵彼の眼を驚かした事がらである。子供の時分に父母に連れられて此の公園に桜を見に来た記憶は痕跡なく消えてゐるので、彼は今迄呪ひに呪つた俗悪醜劣の都会の一隅にこんな驚くべき美術の天地が残つてゐたのかと、恰も地の下からポンペイの都を掘出したかのやうに感じて仕舞つたのである」（七・五三―五四）。（この記述に続く三つの段落において、荷風が『霊廟』（四十四年二月。『紅茶の後』（明治四四年一一月二五日、籾山書店））の中に引用している「初めて六代将軍の霊廟を拝観した瞬間の感激」（七・三一一）についての記述がなされている。ちなみに、『霊廟』には、その記述を引用したすぐ後ろに、「あゝ、実際この二世紀以前の建築は部分的にも亦全体としても、自分に対して、明治と称する過渡期の藝術家に対して、数へ尽されぬ程、いかに有益なる教訓と意外なる驚嘆の情とを与へてくれたか分らないのだ」（七・三一二）と記されている。）「猶この他にさま〴〵な方面から、過激なる此西洋藝術の崇拝者をして祖国の過去を回顧せしめた事件の一ッは、或日中谷に連れられて向島から亀井戸の方まで散歩した時、其の辺の到る処、神社の絵馬堂には連歌の額が掛けてあるし、寺の庭には俳句を刻した石碑の数知れず建てられてあるのを見て、紅雨は形式こそ違へ、どうしても巴里の公園や墓地を散歩して墓標や記念像の石台に刻された古人の詩句をさぐるに等しい趣のある事を感じた事である。江戸人はいかに其の実生活の単調に対する慰藉を藝術によつて仰ぎつゝあつたかを知つた事である。『風流』と呼ばれた此の時代の藝術そのものゝ価値如何は別問題として、江戸人の生涯には藝術が『身のたしなみ』と云はれて或る種の人格修養の方法とまで見られる位、高い地位に置かれてあつたのだ」（七・五五―五六）。

「二　虫の音」では、紅雨は、小説『恍惚』の発売禁止処分について意見を問うた小山清に向かって、「別に意見と云ふ程のこともありませんよ。全体あの『恍惚』と云ふ作は詩の感興と恋愛の快楽を歌つたので、政治や国家の問題とは少しも関係のない事なんですから、其れがいけないと云ふ理由は頗る解釈に窮するわけです。矢張東洋思想の常として恋愛詩歌と云ふやうな方面を一図に人心を腐敗せしむるもの……つまり文学亡国的の漠然とした思想が其の土台になつてゐるのでせう」（七・一五）と言って、「東洋思想」（日本人の道徳観）に対する批判に踏み込んで、「……私一個の感想を忌憚なく云へば、人間は楽み笑ふ為に出来てゐるもので、其が人間の正当な権利だと思ふ。いや楽むまいとしても人間は生きてゐるかぎり楽まずには居られないものだ。世間の人は今も云ふ通り楽むと云ふ語を聞くと、必ず何か不道徳の意味を思ひ出すやうであるが、こんな甚だしい間違ひはない。空は何故に青いか。青い空の色は何故吾々の眼に美しく見えるか。花はどうして綺麗か、鳥の歌はどうして楽しいか。これだけでも人間は自然に楽しむべく出来て居るものだと云ふ事が分る。宇宙の現象は一ッとして人間の眼に美しく見えないものはない。雨の声、風の音、月の光、虹の色、星の輝き、樹木の姿、動物の形、其れ等は人間の眼に美しいと映じて初めて存在の価値が確められる。吾々はこの無限の幸福、生存の快楽を歌ふに何等の憚る処があらう。これほど平凡、健全、正当な事はない。何人も避ける事の出来ないかの『死』を前にして、せめても此の瞬間の快楽を歌ふのが、解すべからざる人生の唯一の慰藉ではないか。吾々はかゝる生の唯一の賜物をおろそかにしない為めに、宗教と道徳を要求したのであつて、其れを拒み若しくは卑しむ為めに道徳を作つたのではない。」（七・一六）、「実にいゝ、〔蟲たちは〕明日の『死』を前にして欺かれた夏の日和を歌つて居るのだ。私の感情はあの絲のやうな弱々しい調と同じです。私はもう三十を越して仕舞つて四十は目の前にある。白髪の生える時が一瞬々々迫つて来るのかと思へば思ふほど生の快楽を感じます、要求します。世間の人、文壇の批評家は私の作物を見て生活の痛苦に触れない人の寐言だと云ふが私は生活の痛苦に触れゝば触れるほど、其の人は生存の快楽を強く味はひ得るものだと思つてゐる。現代の批評家は矢張旧い道徳に捉はれてゐて幸福快楽の意味をどうやら金銭と混同して卑しむらしい処がある。実に浅果敢な事だ。歓楽と憂愁とは引離すことの出来ない感情であつて、もし生存の快味を感じない人ならば私は断じて其の人は深刻な人生の悲哀をも知り得ない人だと思ふ。其の證拠は極く近頃の仏蘭西の女詩人の詩を見ると能く分る」（以下、七・一七）と語って、ノアイユ伯爵夫人の詩を持ち出している。まだ「近代主義と云ふ熱病」（七・四二）に浮かされている紅雨は、『恍惚』の発売禁止処分、及びそれに関連しての「東洋思想」（日本人の道徳観）という当初の話題から逸脱して、清に向かって己の西洋文学論を滔々と弁じたてるのであった。（ここでは、その西洋文学論の中にHuysmansの名前が出て来る（七・一九）ことに留意しておこう。）「四　深川の夢」では、紅雨は、清に向かって、「私は生きて居るかぎり、自分の生きて居る時代の空気を肺臓一ぱいに吸ひたいと思つて居るが、それと同時に私はかの静な軟な過去の時代の居心地をも忘れる事が出来ない。なぜあんなに過去の時代は居心地がよかつたのであらう。近代主義と云ふ熱病は『君は決して後れて居ないぞ』と云ふ空虚な夢に浮かれさして呉れるけれど、同時に又『後れたら大変だぞ。』と云ふ不安を休む間なく与へる。私はこの熱病に感染しなかつた中谷君の身の上をば、いつも幾分の嫉妬なしに眺める事が出来ないのである……。」（七・四二）と語っている。前引の、紅雨が「半分病気になつて帰つて来た」（七・五三）というのは、紅雨が「近代主義と云ふ熱病」に罹って日本に帰って来た、ということである。

しかし、「五　二方面」で見ると、紅雨は、清と最初に出会った時点においては、既に「近代主義と云ふ熱病」を超克していたようにも考えられる。紅雨が――フランス文学を中心に――西洋文学について滔々と弁舌を揮うのは、彼が「近代主義と云ふ熱病」に浮かされているからだけでなく、彼がフランス文学に心酔しているからでもある。「一度び追慕の一念が其の方に向ふと極端まで憧憬の情を沸騰させるのが感情的な紅雨の性癖なので、彼は散歩する中にも滅びたる当時の世界をあり〳〵目の前に描きだした」（七・五六）というセンテンスで始まる段落において、荷風は紅雨に、江戸の史跡・文学とフランスの史跡・文学とを、対等のものとして評価・対照させている。そして、それに続く段落では、江戸時代を追懐する紅雨の感激が、次のように叙述されている。「江戸時代はいかに豊富なる色彩と渾然たる秩序の時代であつたらう。今日欧洲の最強国よりも遥に優る処があつて、又史家の嘆賞する路易十四世の御代の偉大に比するも遜色なき感がある。紅雨は羅典人種に特有なる祭礼の狂楽をも此の江戸時代に於て見る事が出来ると思つた。今日も猶清元が「神田祭」に伝へて居るやうな祭礼の晴れた日には都会の大道の面にいかに目覚しい色彩と愉快なる音楽と、其れに伴ふ民衆の歓喜の声が沸騰したであらう。巴里人の風流が郊外の緑陰に料理屋を建てるならば、江戸人は其れをば好んで溝渠のほとりに選んだ。洒落なる屋根舟の往来する隅田川の昔を思へば、何ぞ徒らに今日のセーヌ河を羨まうや。嘗ては武士の一語が動かしがたき道徳的威厳を持つて居た事を記憶せば、何ぞ独り現代の英国のゼントルマンのみを賞する必要があらう。あゝ江戸時代なるかな」（七・五六―五七）。段落を改めて、荷風は、「あゝ江戸時代なるかな、と云ふこの感激が相互から不思議な親しみを以て、帰朝以来一度離れさせやうとした紅雨と中谷さんとの間を、以前のやうに結びつけた原因であつたので、この日亀井戸まで歩いた夕方には紅雨は中谷の発起で、尾上菊五郎が愛好したと称せられる柳島の橋本屋で晩酌を傾けた」（七・五七）と記している。ここにいう「この日」とは、前引の「猶この他にさまぐ〳〵な方面から、過激なる此西洋藝術の崇拝者をして祖国の過去を回顧せしめた事件の一ツ」

（七・五五）が生起した「或日中谷に連れられて向島から亀井戸の方まで散歩した」（同上）日のことであり、右に引用した段落は、「かゝる旧弊人（＝中谷丁蔵）が新時代の詩人を以て自任する吉野紅雨と今もつて交情の絶えないのは、頗る奇妙と云はねばならない――この事は已に銀行家の小山清君が紅雨其人に対して質問した事でもあつた」（七・五二）という記述から成る段落に対応している。なお、「……紅雨は中谷の発起で、尾上菊五郎が愛好したと称せられる柳島の橋本屋で晩酌を傾けた」という記述から成る段落と、それに続く「さう云ふ次第から中谷はいくら現代人との交際が嫌ひでも、今度はそも〳〵の動機が江戸の著作八笑人から出て居る事を紅雨から説明されるに及んで、どうしても一度は共々銀行家の小山君を訪問もしくは会食せざるを得ない始末に立ち至つたのである」（七・五七）という記述から成る段落とは、時間的に接続するものではないが、後者の段落は、ストーリーを巧妙に「六　小酒盛」へ移行させている点においても、江戸趣味に耽溺している中谷の人柄を巧妙に言い表している点においても、興味深い。

「霊廟と名付けられた建築と其れを廻る平地全体の構造排置の方式」（七・五四）に感動したことに、中谷の影響などが重なって、紅雨は江戸時代の讃美者になったが、しかし依然として「近代主義と云ふ熱病」を完全には超克できないでいる。紅雨は、「近代主義と云ふ熱病」の状態から《江戸趣味》に耽溺するに至る、己の思想展開の途上にある人物なのである。

四　吉野紅雨の倫理観・社会観

「十　冬の午後」の中で、荷風は、吉野紅雨の倫理観を、小山清の倫理観、徳井勝之助の倫理観と対照させる形で、次のように記述している。「全体、紅雨は藝術上の形式技巧の方面には随分やかましい議論を持つて居る人でありながら、案外に宗教や哲学的の問題には興味を持たない傾きがある。で、清の如くに冷淡皮肉に人生を観て居るのでもないし、又勝之助の如く絶望的な高い倫理観を抱いてゐるのでもない。紅雨には要するに、年に春夏秋冬の差別があり時に昼夜の分ちがある如く、人生には美徳悪徳地獄極楽とも〴〵に並び存してゐて、自から其の間に生ずる変化と調和の現象の能ふ限り複雑多面である事を希つてゐる。つまり人生は自分が役者であると共に観客であつて、演ずるにも見物するにも、成るたけ面白く賑かで華美な芝居であつて欲いのだ。であるから、清と勝之助の議論が次第に進んで、一方はどんな種類の宗教でも道徳でも其の最後の目的は人間を籠の中に入れて、其れを窮屈だとせずにおとなしく諦めを付けさせる方法を説くものだから、仏教儒教基督教回教（今日では、「回教」を「イスラム教」という――引用者）、何れにしても同じ事、其の教義の是非正不正を論ずる必要はないと云ひ、一方はなまじ宗教や道徳がある為めに、其れを実行したくもでき兼ねる場合、却て人間が何れ丈け余計な悲惨を感じるか知れない、と論じる。其れに対して紅雨はかう云つた。／「何も論語の『子曰ク』を万人が尽く実行しなければならないものと決定して仕舞はんでもいゝぢやないか。あれはあゝ云ふ人が其の感じた処をあゝ云ふ風に書いたものだとして、相当の尊敬を以て見て置いたら其れでいゝぢやないか。空の星にも軌道があるなら、人間にも踏むべき道がありやしないかと思ふ時、お先真暗で何にもないよりは右なり左なり道のついてゐる方が淋しくなくてよい。けれども僕は成べく其道が、大通り裏通り露地や抜裏といろ〳〵あつて欲しいのだ。僕はいつでも教会で牧師の説く処を聞くと、万一あの通りに人間が正しく清潔になつて仕舞つたら、所謂ユウトピアの世の中の人達は、今日末世の吾々が見て驚く如き殺人姦淫等の活劇に対する『恐怖』と云ふ一番激烈な感動を経験する機会があるまいと思つて寧ろ気の毒になる位だ。」」（七・一〇二―一〇三）。荷風の記述は、更に次のように続いている。「清は笑つて、「成程、世の中がさう何も彼も完全になつて仕舞つたら小説の材料が乏しくなるからね。これア君の案じるのも無理ではない。」／「いや、其の心配なら吾々詩人よりも教師巡査看守などは最《もつ》と心配しなければなるまい。全体人を教へたり監督したりするほど矛盾な事業はない。若し万人が教へられて直に賢く罰せられて忽ち正しくなつたなら彼等は自己が存在の必用を失つて仕舞ふ訳だから、茲にはいつも、貧乏医者が病人を癒す薬を盛りつゝ一方では病気の成るたけ長く癒らぬ事を希望するやうな滑稽が潜んで居ると見なければならぬ。其処へ行くと夢を語つてゐる詩人は気楽なものだ。今日の詩人は地上に生息してゐるから、天上の美を夢見るので、もし天上しちまつたら彼等は必ず、オオヂュ、の芝居の賤業婦〔＝売春婦〕オランプが貴族の家庭に這入り込んでから昔の汚れた生活を回想すると同様に、再び地上の暗黒に対する郷愁を無上最大の理想として、歌ひ出すかも知れない。どつちにしても差支はない。夢を語つて居るのだから……。」」（七・一〇三―一〇四）。

右に長文にわたって荷風の記述を引用したのは、紅雨の倫理観は「近代主義と云ふ熱病」がまだ完全には癒えていない「詩人」（文学者）の単なる感想以上のものではないことを明確にしておこうと考えたからであるが、清の倫理観にも、勝之助の倫理観にも、それぞれのユニークさが備わっている。しかし、紅雨を「案外に宗教や哲学的の問題には興味を持たない傾きがある」人物として描出しようとする荷風は、ここでは清、勝之助の「宗教」・「道徳」の論に必ずしも完全な論理的整合性を付与しようとはしていないように、見受けられる。ベルクソンの用語を用いて言えば、清は、「どんな種類の宗教でも道徳でも」それらは「閉じた宗教」・「閉じた道徳」であることを洞察している。そして、清自身も、道徳的教義には忍従する他ない、と諦めをつけているはずである。（ベルクソンは、「閉じた宗教」・「閉じた道徳」に対比せて、「開いた宗教」・「開いた道徳」を説示している。H・ベルクソン『道徳と宗教の二源泉』を参照されたい。）また、「絶望的な高い倫理観を抱いてゐる」勝之助が「なまじ宗教や道徳がある為めに、其れを実行したくもでき兼ねる場合」を想定するのは、「宗教」・「道徳」の要求する高い倫理的要請の実践に挫折を繰り返している徳之助の実体験によることであると思われるが、断言は控える。なお、ここでの清の根本的な考えが言い表されている、「どんな種類の宗教でも道徳でも其の最後の目的は人間を籠の中に入れて、其れを窮屈だとせずにおとなしく諦めを付けさせる方法を説くものだ」という記述の中の「諦め」という言葉は、『冷笑』の他の箇所で用いられている「諦め」という言葉とは若干用法を異にすることを、付言しておく。

文学思想・芸術思想以外の紅雨の思想として注目すべきは、彼のデカダンス思想である。「十五　珍客」には、次のような談話が認められる。「「慾を云へば限りがないかも知れんが、僕は〔談話会の同志に〕是非女性が一人ほしい……。」と紅雨は取り上げた葉巻の銀紙を静にほどく。／「異論はないが、とても事実に於て不可能でせう。」／軽く反対した清につゞいて勝之助は、「立派な紳士にだつて今日の社会には談話の興味と云ふ事を解釈するやうなものは一人も有りやアせん。吾々の社会はまだ〳〵良妻賢母の以外に女性を要求する状態ぢやない。こんな事を云ふと、ひどく不道徳な議論を吐くやうだが女性を良妻賢母としてのみ論ずるのは、実用の方面からばかり女性を見たもので、つまり世の中が実用以外に女性を見るほど進んで居らないと云ふ事だ。」（勝之助の言葉――引用者）／「進んで居る居ないを論ずるのはちと考へものだが、単に世の中が其れほど複雑に混雑してゐないと云ふのは事実さね。」（清の言葉――引用者）／「凡て実用からばかり物を見てゐるほど、早く結論がついて始末のいゝ事はない。吾々の如くに世間一般が目的のない空論に興味を感じて月日を送るやうになつたら、其れこそデカダンスだ。晋の天下を滅したのは清談だと支那《（マヽ）》の経世家が恐れたのも無理はないね。」（紅雨の言葉――引用者）／「然し清談は果して学者の好んでなしたものか、或は其の時代の種々な事情が学者をして余義なくさうせしめたか否かは問題だ。近世の生活状態が物質上からも精神上からも日一日に其の解決を迫つて来る社会問題に対してだつて、此様にまで吾々を無関係にさせてしまつたのも、吾々自身の貴族趣味が然らしめたとばかりは云へないでせう。」（清の言葉――引用者）／「吾々は仏蘭西革命史中に古典趣味の詩人アンドレヱ、シュニエ、の死刑を忘れる事が出来ないからね。」（紅雨の言葉――引用者）」（七・一八九―一九〇）。ここで荷風は、談話論（当時の日本における女性観が未成熟であり、女性に笑人の談話会の同志に加わってもらうのは無理である、という勝之助の弁舌を含む）に絡めて、実にエレガントに「デカダンス」という言葉を導いている。ここでは瀧亭鯉丈の「八笑人」の笑談を模倣した、清が主宰する〈五笑人〉の談話は、古代中国の竹林の七賢の「清談」に譬えられている。ここで荷風が紅雨に、竹林の七賢の思想を「デカダンス思想」として観念させているのは、『冷笑』に竹林の七賢の「清談」を組み入れるための、荷風ならではの実に見事な手法である。（中谷丁蔵は、「十五　珍客」に描出されている談話会に居合わせていなかった。もし中谷が出席していたとすれば、その談話会（閑談会）で「清談」が話題に持ち出されることはなかったかもしれない。「三　楽屋裏」には、「……自覚さへすればどんな生活にだつて深い意味が出来る。君は変化と色彩の多い役者や藝者の生活の外観を美だと感じて、其中に自分の感動を合致させたのだらう。さうだ…丁度仏蘭西の画家のミレヱが農家の生活を愛して、其処に自家の苦楽を託したと同様に、僕は極めて真面目に観て居る。僕は世間一般の人が観るやうに君の生涯を道楽と云ふ単純な批判の下に看過して仕舞ふ事は出来ない。それだのに君は何時でも自分で自分を嘲笑して居るやうな処がある。懐疑に立つて煩悶するのではなくて、其れを避ける為めに嘲笑して居る。君が毎年の正月に花柳界で歌ふ新曲の作歌をするのだつて、冗談ぢやない、真面目な音楽上の事業ぢやないか」（七・二八）と、中谷に「天職と云ふものを持つて居る人」

（七・二七）であるということを――要するに、「天職」という使命観を――自覚させようとする紅雨に向かって中谷が言う言葉が、次のように記されている。「物は考へやうだから、さうかも知れない。全くさうだらう。けれども僕はさう云ふ風に堅苦しく考へるのは窮屈でいやだ。僕は矢張川柳で行くよ。食客角な座敷を円くはきも君に云はしたら、弱者と強者の悲惨な関係かも知れない。豆腐屋の女房がすぐと起きなどは、歓楽に酔ふ暇のない生活の苦労かも知れない。地頭と泣子にや勝たれないは自由に対する絶望かな。いろは骨牌の文句は皆な哲学だらうよ。昔は白酒を売るにも歌で行つたが今ぢや麦酒の広告も医学の説明と化学の分析で行くやうな始末だ。成程其に違ひはあるまい。其の方が間違ひはあるまい。学問があつて立派で押出しがいゝ。けれども僕には到底窮屈で甘味がなくツて我慢が出来ない。汽車よりも駕輿だ。基督教よりも法華の講中が面白い。ドラマよりも芝居だね。間違つたものほど馬鹿なこと、馬鹿な事ほど可笑しいものはないからね。僕は矢張自覚なんぞしないで、浮世を茶に渡つて仕舞たい」（七・二八―二九）。「十五　珍客」において描出されている談話は、「清談」ではあっても、論議は依然として込入っている。紅雨の弁舌に振り回されてのことであるが。「三　楽屋裏」には、「君だつて同じ事だ。唯だ君は自覚しない……自覚する事を避けて居る。避けて居るよりは寧ろ嫌つて居る」（七・二七）と、天職（Beruf）という職業使命観を自覚させようとする紅雨に中谷が言う、「もうさう云ふ議論は御免だ」（七・二七）という言葉が、記されている。右の引用文中にも、「僕はさう云ふ風に堅苦しく考へるのは窮屈でいやだ」と言う中谷の言葉が、認められる。そのように、込み入った議論を嫌う中谷を、笑人の談話会に出席させることは、あるいは初めから無理であったのかもしれない。ただし、紅雨との対話に見られる中谷の言葉には、彼一流の哲学が認められる。もし中谷が〈五笑人〉の談話会に出席していれば、紅雨に優るとも劣らない弁舌を揮ったであろう。）

荷風が紅雨に「……其れこそデカダンスだ」と語らせているのは、深い意味を込めてのことである。我々は、この紅雨の言葉に込められている深い意味を把握しなくてはならない。荷風がデカダンス思想について直接、論述しているのは、『怠倦』（四十三年五月。『紅茶の後』（明治四四年一一月二五日、籾山書店））においてである。『怠倦』では、デカダンス思想が、次のように述べられている。「何れの民族にもせよ、其処に発生した一代の文明の究極する処は人心の廃頽衰微であらう。次第に老い行く欧洲近世の文明が仏蘭西に詩人ボードレールを生んだ如く、東洋の江戸文明は夙に通人戯作者俳諧師の思想中に、諸る人間の感激熱情を滑稽的に解釈し、風流三昧と称する口実の下に、奮闘努力の世界から逃れて、唯我的思想の隔離を企てたやうな著しいデカダンスの傾向を示した事は、当時の文藝的作品によつて伺ひ知る事が出来る。同時に吾人は仏蘭西のデカダンス思想の甚しく暗鬱に厭世的反抗的なるに反して江戸のデカダンス思想の、不思議な程軽快に楽天的で且つ執着に乏しい其等の差別から、根本的に国民性の相違にも気付く事が出来る。／いづれにもせよ。デカダンス思想は、爛漫たる文明の花が開き得る限り其花瓣を開かせて凰もない黄昏の微光の底に、今や散らうか散るまいかと思悩んでゐる美しい疲労の態を意味するので、されば建国武勇の思想から見たなら此れ程危険な此れ程恐しいものはあるまい。然し仏陀の教にも諸行無常、生者必滅と云ふ事が云はれてある。凡そ物極れば必ず尽るは此れ避くべからざる天然自然の法則である。一身の幸は軈て失はれんが為めにのみ存在し、一国の運命は凡て滅びんが為めに栄ゆる。もし此れを避けんとせば宜しく最初から、栄え誇らんとする事なく、国家にしたならば永久に野蛮未開［*sic*］の地位に止つて其れから一歩も進み出ぬやうにしてゐなければならぬ。人智の開発進歩を教るは早晩何等かの結末に赴く一階段を占はすに外ならぬ」（七・三〇一―三〇二）。デカダンス思想は、本質的に審美主義的思想である。『冷笑』執筆時の荷風は、デカダンス思想に沈湎していたはずである。それは、「仏蘭西のデカダンス思想」というよりも、「江戸のデカダンス思想」であった。『冷笑』には「晋の天下を滅したのは清談だと支那《ママ》の経世家が恐れたのも無理はないね」という紅雨の言葉が記されているが、「六　小酒盛」で清が紅雨に「反抗の思想が停滞の単調を破つて社会を覚醒したり生活を複雑にしたりする其の華々しい生命の続くのは、要するに其の原動力たる圧迫のある間だけだ。いつも消極的の性質をもつて居る破壊思想に触れるのは、私の眼には何となく浅薄で、すぐと行詰りの先が見えるやうで奥床しくない。（略）沈黙ほど圧制者に対して恐ろしい武器はない。（略）屈従と沈黙が復讎的悪意の精神の最後の勝利である。」（七・六五―六六）と語っているように、「反抗の思想」の直接的な発動よりも、民衆の「沈黙」の方が、「圧制者」にとって「恐ろしい武器」になる場合も、史実に即して考えれば、現在においても出来《しゅつらい》し得るのである。政策集団のメンバーが皆「清談」に走ることになれば、天下国家は滅亡するかもしれない。清ばかりではなく、彼と共に〈五笑人〉の談話会を主催した紅雨にも、国家・社会の在り方に抵抗しようとする意思は全く認められない。『冷笑』の〈五笑人〉は、皆、全てを達観した人ばかりである。『怠倦』には、右に引用した記述に先立って、次のように記されている。「茲に世の中の凡ての事を軽く視て其の成り行きに任すと云ふ極めて不真面目な態度がある。さう物事を生真面目に堅苦しく生野暮に考へても駄目だ。物事はなるやうにしかなら無いと云ふ、つまり動揺に甘じ朦朧不定不確実に安心する消極的の自暴自棄である。時代と群集に対して個人の意志人格の力を極めて小さなものと諦め、然も其れを憤らずに嘲る事である。好んで嘲る訳ではないが、憤つた処で及ばぬ事と自分の力なさと助けなさとを能く知抜いてゐる為めに、憤る訳にも行かない其の怨恨――自分に対する怨恨を自分から慰めやうとする結果が、止むを得ず嘲笑と云ふ逃げ道を見出すに至る事である」（七・三〇〇―三〇一）。要するに、『冷笑』の笑人たちは、皆、「時代と群集に対して個人の意志人格の力を極めて小さなものと諦め、然も其れを憤らずに嘲る」、「世の中の凡ての事を軽く視て其の成り行きに任すと云ふ極めて不真面目な態度」の人たちである。なお、右の引用文中の「極めて不真面目な態度」という言葉について言えば、この言葉が、先の引用文においては、「デカダンス思想」という言葉に置き換えられているのである。ここでは、諦観＝諦め（老荘思想における「無為自然」の諦観を含む）が「デカダンス思想」――とりわけ、東洋の「デカダンス思想」――の根底に存しているという荷風の考えに留意しよう。

『冷笑』においては、「達人」という言葉は、「武芸の達人」という場合の「達人」とは少し異なった意味で用いられている。「十五　珍客」には、次のような会話が、記されている。「「いつか君は、日本の社会には何によらず際立つた人格を見せては損だ。大仏様の像のやうに、起きてゐるのか寝て居るのか分らないやうな顔付をしてゐると云はれた事がありましたね。」（紅雨の言葉——引用者）／「僕ばかりぢやない。実際今の社会に成功して居るものは皆な不知不識の間に自然とさう云ふ態度を取つてゐるから可笑しい。全体自己の信念とか主張とか云ふものは他の人に発表して説くものぢやない。自分を守る城壁にして置けばいゝのでせう。それを悟るのが所謂達人と称するもんなんぢや無いですか。」（清の言葉——引用者）／「すると、達人と云ふものは畢竟、自分だけを消極的安全の地位に置いて、自分以外の事には一切没交渉の態度を取る個人主義の一種ですね、若しくは一切自己以外の事には干渉しても要するに無効果である事を自認する意味に解釈していゝやうですね。」（紅雨の言葉——引用者）／「それは何方でもいゝでせう。達人の主義は其の主義を発表せずにつまり自己を晦ましてゐる手段を指すんぢやないですか。何の彼のと已にこんな事を論ずるのは達人の取らざる処かも知れない。」（清の言葉——引用者）」（七・一七六—一七七）。この会話は、「画に限らず凡て風流韻事は自ら味はつて自ら娯しむ処に其の真意があるので私はもう頼まれても展覧会などで一等だとか二等だとか、そんな争ひをしたくありません。云々」（七・一七二）と紅雨に語った、そして、清が紅雨に「兎に角、よほど脱俗した人だね。木綿の衣服に小倉の袴を穿いて悠然としてゐるんだからな」（七・一七六）と語り、紅雨が清に

「東洋には昔からあゝ云ふ一種の貴族的孤立主義の人はよく有るもんだよ。云々」（同上）と語る、まだ姿を現さない——そして、結局は、「八笑人の宴会」（七・一八三）に「お賓頭顱様の木像」（同上）を代理出席させる——桑島青華を念頭に置いて交わされたものである。（紅雨が青華のことを「一種の貴族的孤立主義の人」と言うのは、「さすがは世俗を超越した向島の先生だ。」（同上）という清の言葉を受けてのことである。「世俗を超越した」ところが、「貴族的」であり、かつ「孤立主義〔的〕」であるのである。）荷風は、『冷笑』において、「達人」という超俗の在り方を概念化した。その「達人」の概念を厳密に定義することは困難であるが、遅れて姿を現した勝之助の言葉を借りて言えば、『冷笑』の〈五笑人〉は、何れも「何《ど》の道今の世の中には向かなさうな品物〔＝人間〕」（七・一八〇）ばかりである。皆、「世間の交際」（七・八〇）を退避して自己に徹して生きることを格率（Maxime）とする、紅雨が「貴族的孤立主義」と呼ぶ《個人主義》の人ばかりである。

「十五　珍客」における「達人」についての論は、清と紅雨の会話の中で展開されている。『冷笑』での「八笑人の集会」（七・一二五）は、清が他ならぬ「瀧亭鯉丈の八笑人〔＝『花暦八笑人』〕を読〔んだ〕」（七・八）ことによって構想されたものであるが、清は——彼は、かつて「赤坂の藝者」かし子と深い恋仲にあった徳井勝之助を紅雨に紹介しているところからも明らかなように、決して日本文化・東洋文化を否定する者ではないが——本質的には西洋文化の影響を受けている人物である。紅雨もまた、西洋文化の影響下にある人物である。「それを悟るのが所謂達人と称するもんなんぢや無いですか」という清の言葉に窺われ得るように、その会話においては、「達人」には、《悟った人》という意味が込められている。しかし、清と紅雨の会話において《全てを諦観視する人》という人間像が積極的意味で語られるということは、考え難いようにも思われる。東洋的な諦めの思想が話題にされるということも、考え難いようにも思われる。

それでは、清はどのような「達人」、どのような意味で《悟った人》であるのだろうか。それに関しては、「八　京都だより」の、紅雨宛て第一信の、「自分は敢て詭辯を弄するのではないが人間は衣食の不安から遠つて、徒に冷静な知識にばかり捉はれて仕舞つたら、どうしても救ふべからざる生活の倦怠に陥らねばならなくなる、其一例をあげるならば、自分は銀行の代表者として毎年株主の総会に臨んで、利害の主張もする、質問にも答へる。けれども其は全く演説法の稽古も同様、自分には唯だ対手を云ひくるめる口先の技巧であつて、其れが為めには何等の憂苦をも引起さぬ心の底では、いつも斯う〔＝以下のやうに〕思つてゐる。」（七・八二）という記述で始まる段落、及びそれに続く二つの段落において、清自身が述べている。そこに記されている「飽くまで粧ひ偽つて決して手品の種を見せてはならない。処世の道は技術である、軽業である」という言葉は「達人」の処世術を表すものであるということを念頭に置いて、次の引用文をお読みいただきたい。「……自分をして云はしむれば、国家及び社会の事件に対して真面目なる興味を感ずる事は甚だしき理性の欠乏を證明する事であつて、若し語をかへて云ふならば、世間一般の活動に伍せんとせば先づ凡ての矛盾と不条理と滑稽とに対して全く無神経たらねばならぬ事になる。／然しいつぞや君にも話したやうに世間に対する実際の問題としては自から別様の手段がある。飽くまで粧ひ偽つて決して手品の種を見せてはならない。処世の道は技術である、軽業である。傘をさして赤い着物をきて如何に綱の上を渡るべきかと云ふ最後の目的の為には、此れまで世界の賢人が或は厳粛に或は軽妙にそれ〴〵勝手の説を立てゝゐるから、自分が今更らしく知つたかぶりをするにも及ぶまい」（七・八三）。銀行家・小山清は、国家・社会の実態を達観し、世の中の動静を諦観視している、《悟った人》なのである。そして、右の引用文に即して考えれば、「十五　珍客」において「達人」という言葉が持ち出されているのは、決して不自然ではない。《悟った人》としての超俗の「達人」は、処世の技術を身に備えた、超俗における「達人」であるはずである。そして、「十五　珍客」での「達人」の論が東洋的な諦観の思想と通底していることも、否定できない。

一方、紅雨については、彼が「達人」の域に、したがって《悟った人》の域に到達しているかどうかを断定することは、かなり困難である。「十二　夜の三味線」には、清が紅雨に、「ぢや、近代詩人の紅雨君は以後近代思想と訣別して、大和心の敷島の道に戻らうと云ふんですかね。」（七・一二三）と言う場面がある。荷風は、紅雨の語りに挿んで、「清は戯談半分いくらか冷笑の気味を加へて云つたけれど、紅雨には通じなかつたのであらう、矢張真面目な調子で、」（同上）と記している。それほど真剣に、――清の言葉を引けば――「非愛国者とまで云はれた西洋の崇拝家だつた」（七・一二二）紅雨は、「現代」における、日本人としての自己の在り方について省察を巡らせ、西洋の文明・文化と日本の文化・文明（近代西洋化）とのはざ間で煩悶しているのである。清の右の言葉の直前に記されている、紅雨の語りを引用しよう。「……〔西洋から〕帰つて来てからもう足掛三年ばかりになるが、私は一日半時だつて彼の地中海のほとりを夢みない時はないです。然し此の絶間のない憧憬の間にも、現在生てゐる日本の風土と日本の気候の力を鋭く感受して見るに従つて、私は解決のできない疑問に苦められるです。私が非愛国者と云はれたのは余りに自覚の乏しい模倣の現代を罵つた事から生じた誤解である事はあなたも御承知なのでせう。私は現代のさう云ふお先ッ走りの雷同連中から比較したら、寧ろ頑固な保守派に属すべき人だと云ふ事を自分ながら感じて居るのです。例へば……あなたは御殿場あたりから富士山の全景を見渡した時どう感じます。私は無論心ではバイロンのやうに歌つて見たいと思ひながら、ふいと子供の時分母親の居間の小屏風に見た業平朝臣東下りの土佐絵を思ひ浮かべて、あゝしたクラシックな敷島の山水には、矢張間の伸びた三十一文字の感想の如何に調和するものかを感じないわけには行かなくなる。私は一度現代の反抗から無頓着になつて見た暁、自分ながら其の思想の奥底にどれだけ深く伝説の力の根ざしてゐたかを知つて呆れて了つた位です。」（七・一二三）。ここでは、紅雨が「日本の風土と日本の気候の力」――西洋の風土・気候との差異――、及び日本文化の風土性について力説していることに留意しよう。『「冷笑」につきて』において、「〔日本人が〕早く諦めをつけて仕舞ふ」のは「〔日本の〕気候風土が大に与つて力ある」ことが強調されているのと、同一の考えである。

五　吉野紅雨の「過渡期」の観念

紅雨は、「……紅雨君は以後近代思想と訣別して、大和心の敷島の道に戻らうと云ふんですかね。」という清の問い掛けには「戻る事ができたら無上の幸福でせう。」（七・一二三）と答えただけで、日本の文化・文明化（近代西洋化）について煩悶する自分の考えを、次のように語る。「今の時代を深く感じてそして吾々は静に自分の足元を眺めて見たら、何も文学者ばかりではあるまい、誰だつて舵のない船に乗つてゐるやうな不安に打たれなければなるまい。（略）舵のない漂ふ船、これが吾々の生きつゝある現代ともいふものでせう。」（七・一二三―一二四）。この引用文に続く、清との会話において、紅雨は、「私は「『時代』の船の方向を定める丈夫な舵」は、「宗教」と云ふよりも」寧ろ郷土の美に対する藝術的熱情だと断言したいです。私は単に藝術的熱情と云ひます。習慣に従ふ義務的讃美（郷土の美に対する、単なる義務的讃美――引用者）ではない。」（以下、七・一二四）と言って、「藝術的熱情」の重要性を強調している。そこには「時代」に対して――日本の文化・文明化（近代西洋化）の在り方に対して――紅雨が憂悶している様子は、窺われないようにも思われる。紅雨は清に、「……熱烈の感情は必ず深い自覚を呼び起すであらう。自覚は国民の前途に向つて教へざるに其の赴く道を示すだらう……今日の急務は唯だ熱情の奮激これ一ツぢやないでせうか。」と語っている。そこには却って、江戸芸術に傾倒しつつある「近代詩人」（七・一二三）吉野紅雨の、憂悶の姿を窺うことができるように、私には思われる。ただし、そこで「自覚」という言葉がどのようなことを含意しているのかを確定することは、難しい。江戸芸術に対する国民的自覚を指しているようにも思われるが、「習慣に従ふ義務的讃美ではない。」と断わった上での語りであるゆえ、西洋の「近代詩人」の「藝術的熱情」が彼らの《自己》の「自覚」に基づいたものであることを主張するために持ち出された言葉であるようにも思われる。ただし、西洋の近代の国家・社会における《自己》と対等な《自己》の「自覚」を促そうとする議論は、『冷笑』には認められない。

　紅雨の時代意識を端的に表すのは、「過渡期」という言葉である。『冷笑』にこの言葉が最初に現れるのは、「七　正月の或夜」の、次のような記述においてである。「此が『東京』と云ふものだ。此が『今日』と云ふ時代と生活との代表者である。此の怪物と相対して紅雨は今更の如く無限の恐怖、怨恨、悲哀を感ずる。何故と云つて紅雨は此の怪物こそは自分が言葉に譬へた通り遂に醜い怪物として遠からず消えて仕舞ふものであらうと信ずるからである。幾世紀を経て若し茲に一代の歴史家が筆を執るとしたならば、彼は鎌倉江戸時代と、そして吾々の知る可らざる何かの時代との間に、この怪物を過渡期と称する一小項の中に造作も無く葬つてしまふに違ひない。だから、紅雨はいかに煩悶してもいかに努力しても自分の名前は記録家の目に触れる事なく、触れる必要なく時代と共に葬られてしまふ運命を持つてゐる事を覚悟しなければならぬ。此の覚悟は藝術家に取つていかに悲惨極まるものであらう。ポンペイは地の下から掘出されると共に其処に生きてゐた天才の事業は不朽になつた。もし其れと同じやうに、他日に極東の都会の古蹟を探る旅人があつたならば、彼は却て帝国劇場の礎には気も付かずして、江戸城址の壕と石垣とに時代の光栄を見出すであらう。藝術なき時代の繁栄は砂上の楼閣に等しい。紅雨は心底から過渡時代の空気の無情を感ずると共に、其れならば寧ろ滅び行く時代の殿《しんがり》となつて、よし落つる夕陽の壮観を呈し得ずとも幽暗夢幻なる黄昏の微光にも比せられべきデカダンスの詩人の運命が羨ましいと思ふのであつた」（七・七八―七九）。これは、正月の或る夜、浜町の中谷邸を後にした紅雨が「橋の欄干に凭れて」（七・七八）――その橋は、両国橋のことであろう（七・七七―七八、参照）――「終電車の通り過ぎた橋の上から一人でぢつと、寝静まつて行く都会の影をば己れの目の前にひろげて見て居た」（七・七八）とき、紅雨の脳裏に浮かんだ感想である。「過渡期」という言葉が記されている、右に全文を引用した段落に先行して――更に、右のセンテンスにそこにおける記述を部分的に引用した段落にも先行して――、「……此れはいつでも更けた夜の流れに対する時に感ずる心持で、彼〔＝紅雨〕は次第に自分の国に居るとも他国に居るともつかぬ旅愁のやうな一種の感動の蠢いて来るのを覚えた。つまり、夜の寂寥に対する美的恍惚が、自分の生きて居る時代を意識させる周囲の生活から一歩離れた別の世界に連れて行く、そして其処から彼は眼に映ずる夜の現象ばかりでなく、己れ自身をも他人であるやうに振返つて見るからであつた」（同上）という記述がなされている。この記述から分かるように、紅雨は、「夜の寂寥に対する美的恍惚」に耽りながら、「自分の生きて居る時代を意識させる周囲の生活」を、したがって「『今日』と云ふ時代と生活との代表者」としての「『東京』と云ふもの」に対して――したがって、「〔東京と云ふ〕都会の影」に対して――、「自分の国に居るとも他国に居るともつかぬ旅愁のやうな一種の感動」をもって審美的批判を行なっているのである。（右の引用語句中の「自分の生きて居る時代」とは、「自分の生きて居る近代西洋化の時代」の謂である。）「七　正月の或夜」では、紅雨の心的態勢は、「デカダンスの詩人」を志向している。そこにいう「過渡期」は、「鎌倉江戸時代と、（略）吾々の知る可らざる何かの時代との間」の「過渡期」であって、「〔江戸藝術が〕滅び行く時代」のことである。そこでは、紅雨は、「過渡時代」の後に――首都・東京が、近代西洋化（西洋文明の外形の模倣的移入）を完了した後に――到来するはずの新しい時代に対して何の期待もできないでいる。

「過渡期」という言葉は、「十二　夜の三味線」の初めの部分に記されている、「〔横浜市の〕野毛山の麓、掘割の彼方に平たく横はる停車場」（七・一二〇）で、清と紅雨が一等車に乗り込んだとき交わした会話でも用いられている。荷風は、その会話の場面を、次のように叙述している。「腰を下すが否や、今まで歩きながら話して来た其つゞきと覚しく、清の方から、／「考へれば気の毒さ、あの男（商船の事務長・勝之助のこと――引用者）も。あの年をして何年となく事務長で〔世界を〕放浪してゐるんだから……。」／「吾々はみんな不幸なる過度期〔＝過渡期〕の病児だ。」／投げ出すやうな語調と共に紅雨は其の頭をも投捨てゝしまふと云ふやうに、がたりと後の硝子窓に音のするほど強く倚せ掛けた。／「さうさね。不幸なる過渡期の病児……全くさうかも知れん。」」（七・一二一）。この記述の後に、一段落おいて、「徳井君の理想はつまり日本の家庭を亜米利加のやうにして仕舞はうと云ふ事なんだな。いゝ方面からばかり観て、其特長のみを揚げれば、亜米利加人の善良な家庭ほど麗しいものはあるまい。兎に角最初合衆国と云ふ国家の出来た原因を考へて見ると、旧大陸の腐敗した文明に対する一部の理想的民衆の反抗と非難とからだからね。」（七・一二二）という言葉が記されている。前後の文脈から見て、これは、恐らく清の言葉であろう。（以下においては、それは清の言葉であるとして論を進める。）ただし、そこに紅雨の家庭観が、したがって作者・荷風の家庭観が反映していることは、否めないであろう。「七　正月の或夜」には、「紅雨は酔ひながら眺めて居る中に、音楽のある家庭ほど美しいものはないと次第に感慨に沈められて来る。何故と云つて彼は日本に帰つて来て以来、現代の社会に音楽のある家庭を見出し得たのは、滅びた江戸時代と腐敗した花柳界の空気に著るしく感染したこの狂言作者〔中谷丁蔵〕の家庭より外にはなかつたからである」（七・七四）と記されていた。「彼が嘗て欧米の健全なる家庭に見た如き、幸福と調和の美なる生活に比較し得べき何物をも、生れた国の社会には見る事が出来なかつた」紅雨は、正月の或る夜、「この狂言作者の家庭」においてそれを見ることができたのであった（同上）。

しかし、清の念頭にある「亜米利加人の善良な家庭」と、紅雨の念頭にある「中谷の家庭」（七・七五）とは、「厳格な社会観を以て評したならば」（七・七四）――もちろん、アメリカ人の社会観と日本人の社会観との相違を顧慮した上で――、同等のものとは評価されないであろう。「十二　夜の三味線」において、荷風は、「不幸なる過渡期の病児」という言葉に絡めて、清に

「亜米利加人の善良な家庭」について語らせている。少なくとも私には、そのように見受けられる。「不幸なる過渡期の病児」という時代及び自己の意識と、「亜米利加人の善良な家庭」という観念とがコントラストを成していることは確かであるが、どのような点においてコントラストを成しているのかは必ずしも明白ではない。あるいは、以下のように理解することができるかもしれない。『冷笑』においては、「家庭」が大きくクローズ‐アップされている。いろいろな箇所で、いろいろな形で、「家庭」（家族関係を含む）についての言及がなされている。それゆえ、荷風は、「家庭」をトピックにして、「厳格な社会観」（旧い道徳観を含む）に替わり得る道徳観・社会観を、紅雨に模索させている。世界周航者・勝之助にとっては「亜米利加人の善良な家庭」こそが理想の「家庭」であろうが、自分たちは「不幸なる過渡期の病児」であることを意識する紅雨にとっては、「一家挙つて思想娯楽の一致した中谷の家庭」（七・七五）こそが理想の「家庭」であるはずである。

紅雨は、「七　正月の或夜」の終末部においては「滅び行く時代の殿とな〔る〕」ことを決意しようとしているが（七・七九）、「十二　夜の三味線」においては「〔「大和心の敷島の道に〕」戻る事ができたら無上の幸福で〔あらう〕」けれども、「吾々の生きつゝある現代」は「舵のない漂ふ船」であって、「祖先の残した伝説一方に頼るには余りに其の力の弱きを気遣ふし、と云つて盲目滅法［*sic*］に駆出すのも此れ又余りに軽々しくはなからうか」と（七・一二三―一二四）、「近代思想と訣別して、大和心の敷島の道に戻〔る〕」ことにためらいの様子を見せている（同上）。ただし、それは清との会話においてのことである。紅雨は、清と別れた後、夜の東京を散歩する。その時の紅雨の感想を、荷風は、次のやうに記述している。「思へばこの年月訴へたり罵しつたり怒つたりした其等の煩悶や懊悩は、つまりいかにすれば自分は己の現在に満足安心する事ができるかと夜の闇の捜索をしてゐる事であつたのだ。ユーゴーが、夢想は幸福にして期待は命である。遠国を走り廻らうとする旅の心の愚さよ。と歌つたやうな望みを込めた諦めをつけると同時に、日陰の裏町に残つて居る過去の栄華の後を尋ねて、そして漸くに自分は現在に対する絶望と憤怒から解脱して、ひたすら過去の追慕と夢想の憧憬に生きる事ができるやうになつたのかも知れぬ。若然うであつたとすれば最早高慢らしい議論を戦はして、現在を罵しつたり憤つたりする必要はあるまい。罵しる暇があつたら自分は静に、やがて吾々の赴くべき未来を夢みねばならぬ。憤る力があつたら間もなく消え滅びて了ふ過去の名残を一瞬間でも命長く生すやうに努めねばならぬ……これが過渡期の詩人の悲しい任務ではなからうか」（七・一二七）。ここには「……やがて吾々の赴くべき未来を夢みねばならぬ」と記されているけれども、依然として、紅雨は、時代の行く先を見据えることができないでいるはずである。「十二　夜の三味線」に描出されている紅雨は、「滅び行く時代の殿となつて」（七・七九。「七　正月の或夜」）「間もなく消え滅びて了ふ過去の名残を一瞬間でも命長く生すやうに努めねばならぬ」と、江戸文化を追慕して歌い、詠ずることを、「過渡期の詩人の悲しい任務」として受け止めているのである。留意しなくてはならないのは、ここでは文学者・紅雨が自己を——《過渡期の小説家》ではなくて——「過渡期の詩人」として意識しているということである。荷風自身である紅雨は、「滅び行く時代」を見つめているのであって、江戸戯作者への共感を表に出していない。いわゆる「戯作者宣言」の後に顕わになる、艶情小説の創作に徹することによって逆接的に《社会批判》を行なうという荷風の審美的批判主義の態勢は、『冷笑』においては、まだ認められない。

「過渡期の詩人」であることを意識する以前、紅雨には、エミール・ゾラの文学と思想に心酔していた時期があった。「十三　都に降る雪」には、紅雨のゾライズムからの脱却について、次のように記されている。「「われハムレットを嘲ふ。」と宣言したゾラは此の当時彼（＝紅雨）には古今無比空前絶後の偉大なる偶像であつて、彼は其の一派の人の好んで描いた暗欝悲惨な人生のみをば直に人生其物の真相を穿つたものと信じてゐた。けれども時代の思想は既に一つ処には停滞してゐないで、希望なき現実主義に対する反動の声は、遠いながらも其反響を紅雨の耳にも伝へて来て其の思想の根本的動揺を催促した。否定と破壊の時代はいつまで続くものであらうか。否定と破壊を叫んだ人の声の中にも自と又更に新しい暖かみ軟みを求める声が聞かれはせぬか。紅雨の今日は新しきと古きとを問はず其の求むる処は、唯だ調和と静寧の美である。そして其の底に潜んだ甘い一縷の幽愁に恍惚たらんと願つて止まないのである」（七・一三七―一三八）。そして、紅雨が「茂れる樹木に狭く限られたこの庭の、積つた雪の中から喃々として尽きない皺嗄れた老人（＝「年寄つた父と母」（七・一三六））の話声」（七・一三八）に耳を傾けながら、「極めて緩な低い其の音調は、無謀な期待と飽かざる慾心から全く遠ざかつた安心立命の胸の底からでなくては発音されべきものでない事を明かに示してゐる」（同上）ことを感得する、という記述に続けて、次のように記されている。「穏な優しい古老の声。いつの世に誰が作つたとも知れぬ民族特有の物語を子孫から子孫に伝へて行くものは此声である。厳しい大学の講座に立つ史学家の説明よりも更に一種の神秘と愛情を以て滅びし過去を活すのも此声である。若き人々の新しい心の悩み心の悶えに対して無頓着である代りに、いつでも反き去つたもの丶帰つて来た時、寛恕の慰藉を伝ふべく待つてゐるのも此の声である。人間の咽喉から出る声の中で、この世に最も懐しく最も美しいのは、かの恋人同志が寝屋の燈火の下に私語く声と、暖炉のほとりに繰返される此の古老の声とであらう。この二つの声は何物をも主張せず、何物をも説明しない。断定しない。唯声其の物の調子が此の世に生きてゐるかぎり、例へ或時は忘れてゐても、必ず人間が心の底から要求する或感情を動かすのだ」（同上）。ここには、ゾライズムから脱却した紅雨が求めている「調和と静寧の美」が、恐らくは「たま〳〵降る雪を庭の木の葉から掻き集めて、囲炉裏の釜に湯を沸して淡茶を立て丶ゐる」（七・一三八―一三九）「年寄つた父と母」（七・一三八）の会話に具現していることが、文章によって「調和と静寧の美」を具現化することを意図しているかのように、格調高く叙述されている。「調和と静寧の美」という理念が「複雑」・「混乱」の対極を成す理念であることに、留意しよう。

「十三　都に降る雪」には、紅雨が当日の日記の最後に書き加えた、日記の「結論」（七・一五一）が記されている（七・一五一―一五三）。ここでは、まず、その「結論」の第二段落を引用しよう。「官能は詩人が唯一の生命なり。藝術的修養を経たる近代詩人の鋭き官能は屢彼等をして、理論と智識の求めて得べからざる理想的境域に導き入らしむるものたる事は、ジイカア、ユイスマンの『出立』以下の三大小説によりて能く此れを證する事を得べし。彼が科学的思想の余りに複雑混乱せる近世の時代を去つて、疲労怠倦麻痺したる文明的精神の慰藉を、中世紀の単純なる基督教の信仰に求めたる、乃ち在来の自然主義を去て評家の所謂神秘主義に赴きたる径路は、智識的研究の結果にあらずして、其病的過敏の藝術的感覚が寺院の絵窓と中世紀の宗教的唱歌（プランシヤン）等過去の宗教的美術によりて著るしく刺戟せられたるに外ならずや。此の感覚的衝動は自から彼に向つて複雑なる思想的生涯を単純化すべく教へたるなり。単純素朴の信仰中に始めて真正なる幸福の宿れる事を悟らしめたるなり」（七・一五二）。荷風には、かつてエミール・ゾラの文学に心酔していた時期がある。『花火』の、いわゆる「戯作者宣言」が述べられている箇所においても明らかなように、「戯作者宣言」をした時点においても、荷風は、エミール・ゾラの思想・態度に深い共感を抱いている。しかし、『冷笑』においては、荷風は紅雨の文学思想を、むしろゾライズムとは対極的なものとして描出しようとしているように見受けられる。右の引用文中に「科学的思想の余りに複雑混乱せる近世」、「在来の自然主義」という言葉を記すとき、荷風がゾライズムをも念頭に置いていたことは、確かである。紅雨は、「官能は詩人が唯一の生命なり」と記して、「藝術的修養を経たる近代詩人の鋭き官能」を「理論と智識」に優先（vorziehen）させる。紅雨の日記の「結論」には、右に引用した段落に続けて、次のように記されている。「余は敢て、悉くユイスマンの説く処に習はんとするものに非ずと雖も、唯同じ藝術の士として、余は詩人の官能の必ずや思想の上に価値ある断案を齎すべきを信じて止まざるのみ。主義は時代の要求の下に自から構成せらるべし。今日余が求むる処のものは何等の主義にもあらず。主義を建設するに先ちて、特別なる郷土の空気に対する敏活鮮明なる感覚に触んと欲するのみ。欧洲各国の風土が呼起すが如き其国それ〴〵の感覚に比して「日本的特色」の何物なるやを捕捉せんと欲するなり。端無くも余が美的感激は中世紀の寺院美術にあらずして、近き過去に於ける江戸美術の残骸によりて著るしく刺戟せられたるを覚ゆ。果してこの刺戟は余が思想の上に何物を与ふべきか。暫く他日に期す」（七・一五二―一五三）。紅雨の日記の「結論」の、本段落に引用した記述において、我々は、「過渡期の詩人」としての紅雨の文学思想の完結した姿を見ることができる。ユイスマンスの影響もあって、紅雨は、「理論」、「智識」ではなくて、「官能」に、文学者としての己の拠り所を見いだしているのである。ただし、当日の日記の「結論」の、「西班牙は実に南方的熱血の淋漓として迸る処なり。茲に来つて初めて人間の極度に達せる激情爆発の叫声を聞き得べしとせば、行人皆病めるもの丶如く頭を垂れ黙して歩む我が日本的感覚の特色は圧迫の婦女によりて奏し出さる丶三絃の楽声にありとなすも理なきに非ざるべし」（七・一五一―一五二）という記述において明らかなように、文学者・吉野紅雨の場合には、その「官能」は、諦めの色調を色濃く帯びたものであるはずである。『冷笑』において、笑人たちが《冷笑》という形で《政治批判》を行なっている、と理解することは、困難であろう。新聞小説という性格上、荷風は『冷笑』を執筆する際、眼前に在る明治国家の政治体制に対して《社会批判》をすることを極力控えていたはずである。あるいは、「冷笑」というモチーフを着想した時点において、既にいわゆる「戯作者宣言」に至る方向性は、整えられていたとも思われるけれども。（ちなみに、『冷笑』で江戸戯作者についての直接的な言及がなされているのは、「〔中谷は〕『情夫』とか『悪足』（「ヒモ」のこと――引用者）とか『鍵の手』とか云ふテクニックを作つて呉れた江戸時代の文学者に感謝するのである」（七・五二）という記述と、紅雨の江戸追慕を表す「……又繊細なる文字を以て遊里の閨情を叙したる戯作の諸家は、モンマルトルの夜半に酔歌狂吟したる酒店の俗謡詩人ではあるまいか」（七・五六）という記述においてのみである。ただし、「……清は公務の無味と家庭の寂寞を慰める為に、文学書類を開いて見た。古代から今日までの日本の文学は学校に居た時、一ツは教科書として一ツは娯楽として、源氏物語から馬琴、京伝、紅葉、浪六位までも一通りは読んだ事があるので、極く近頃に出版された二三の小説を買つて読んで見た」（七・七）という記述において、曲亭馬琴（滝沢馬琴）と山東京伝の名前が記されている。京伝の名前が記されていることには、『散柳窓夕映』との連関において留意しなくてはならない。しかし、荷風が特別な共感を示している江戸戯作者は、馬琴や京伝ではなくて、為永春水を始めとする江戸時代末期の戯作者たちである。「十三　都に降る雪」には、「人情本の挿絵」（七・一四二）、「梅暦」（七・一四四）という字句が現れるけれども、紅雨が『梅暦』に心酔している様子は、どこにも叙述されていない。）

六　『冷笑』に見られる「戯作者宣言」への方向性

『冷笑』においては、荷風は彼の《江戸趣味》を、紅雨ではなく中谷に託して披瀝している。「五　二方面」では、中谷が心底から居心地のよさを感じている「旧劇の楽屋裏」（七・五〇）について、次のような記述がなされている。「旧劇の楽屋は其れを照す電気燈の光を見る外には現代らしいものは塵ほども無い別世界である。興行上の機関から楽屋内部の生活は尽く江戸時代に出来た其のまゝの秩序習慣によつて支配されて居て、いかほど外部の刺戟が時勢の進歩変遷を口実にして其れを破らうと企てゝも、今日までの経験では要するに失敗に帰して居る。云々」（同上）。そして、荷風は中谷に、「江戸時代に出来た其のまゝの秩序習慣によつて支配されて居る」旧劇の楽屋裏から世間を冷笑させている。「五　二方面」には、次のように記されている。「中谷は当代の紳士が窮屈さうに桟敷平土間から青天白日の一日を、昔は無学の目学問と云つた荒唐無稽のお芝居を見てくらす其の心情をお気の毒さまと冷笑して居る。／つまり最初は已れと云ふものを出来るだけ卑しくして、然る後に、一種超越した態度に立つて局外者を眺めて見ると、何につけ自然と巧まずして冷かな笑ひが口の端に浮んで来るものである」（七・五二）。これに続く、「この冷笑から感得される痛快の味の中には他人と自分と両方に対する二重の意味が含まれる。中谷は次第に滅びて行くべき旧式の薄暗い舞台裏から進歩を追ふ観客諸君を眺めると同様の「冷笑から感得される」痛快を、又一層深刻に花柳界の裏面に於いて発見した。云々」（同上）という記述において明らかなように、中谷は、「他人」＝「当代の紳士」を冷笑して――「当代の紳士」たちが旧劇の舞台に見入っている有様、そして「現代の紳士」たち（七・五一）が金力に物を言わせて花柳界で遊蕩している有様を冷笑して――「痛快の味」を覚えているだけではなくて、「他人」＝「当代の紳士」を冷笑している「自分」自身をも冷笑しているのである。中谷は、紅雨に向かって、「僕は矢張川柳で行くよ」（七・二九）、「僕は矢張自覚なんぞしないで、浮世を茶に渡つて仕舞たい」（同上）と語っている。あるいは、中谷は、「自分」自身を冷笑することにも無上の「痛快の味」を覚えているのかもしれない。それは、世間を達観している態度であるが、諦めの態度ではない。もし中谷が「自分」を冷笑することに無上の「痛快の味」を覚えているのであれば、我々は、そこに中谷の戯作者気質を認めなくてはならない。*荷風の「戯作者宣言」が諦めの心境からなされたものではなく、そこにはそれなりの社会批判的志向が認められることを考えると、《江戸趣味》に耽溺している戯作者気質の中谷の冷笑の態度に、荷風の「戯作者宣言」への方向性を示す深い意味が込められていることは、明らかである。ただし、荷風が『冷笑』において意図している《社会批判》は、必ずしも彼の「戯作者宣言」の背後に隠されている《社会批判》と同じものではない。（私が＊を付した箇所については、中谷が紅雨に向かって、「然し僕が楽屋這入をしたのは、そんな六ケ敷事からぢやない。遊びだよ、道楽だよ。」（七・二八）と語っていることなどをも、参照されたい。なお、「遊び」・「道楽」が高じて旧劇の世界に入り、狂言作者として身を立ててきた中谷には、欧米へ遊学して西洋音楽に親しんできた紅雨とは違って、日本音楽の特種性・風土性は全く感じられていない。三味線の音色こそが、中谷家の全員にとって最も親和的な音の調べなのである。）

『「冷笑」につきて』において、荷風は、『冷笑』執筆の目的・意図について、次のように述べている。「自分が小説「冷笑」を書かうとした第一の目的は、乱雑没趣味なる明治四十三年の東京生活の外形に向つて沈重なる批評を試み、其の時代の空気の中に安住する事の困難なるを嘆息し、併せてわが純良なる日本的特色の那辺にあるかを考究模索せんとしたものである。／明白に云ひ切つては居ないが、篇中何処ともなしに、自分は現代の西洋文明輸入は皮相に止つてゐて、其の深き内容に至つては、日本人は決して西洋思想を喜ぶものでない。寧ろ日本には西洋人が黄禍論を称へるより、もつと以上の強い排他思想の潜んでゐる事をも匂はしたつもりである。云々」（七・三一八—三一九）。『冷笑』の表題は、etwas（何か或る事・物）について冷笑・冷嘲することであって、そのetwasに対して《批判》を行なうことを表している。そのetwasは、眼前に在る明治国家の政治体制ではなくて、西洋文明の外形的・皮相的輸入（移入）にあまりにも性急であった、日本の近代西洋化の在り方であった。既に『冷笑』執筆時の荷風には、眼前に在る明治国家の政治体制に対して《批判》を行なっても無駄であることは、明白であったはずである。『冷笑』における《社会批判》は、日本人の封建的倫理観や娼妓制度に対する批判である外は、文字どおりの《文明批判》である。荷風は、『冷笑』においては、検閲によって彼の文学作品を再三にわたって発売禁止処分にした明治国家に対しては——少なくとも直接には——《文明批判》の矛先を向けないで、紅雨に託してそれを自分の「冷笑」の対象にしているだけである。しかし、そこには、恐らく以後も長期間にわたって旧い道徳観・道徳思想の束縛から脱しきれないであろう日本文明の実情――「十　冬の午後」での清の言葉で言えば、「遺伝的文明の世界」（七・一〇一）――に対しての、したがって、明治日本の文明の在り方に対しての、「冷笑」という、文字どおりアイロニカルな方策を媒介にしての《文明批判》が巧みに織り込まれていることは、明らかである。（なお、「九　船の人」には、徳井勝之助が、清に向かって、次のように語っている箇所が、認められる。「私は確に不孝の児であらう。私は異議なく其を自認するが、同時に其罪の根本を『時代』と称するものに負はせねばならぬと主張する。何故ならば私の父は封建時代に人と成つて改まつた時代に勢力を得た人であるし、私は父と同時代の人々が改造した新しい時代から生れ出て、更に又変つて行かうとする次の時代に移るべき人である。私と父との衝突は時代と時代の軋轢である。今日になつて私が猶も繰返して此様事を人に語るのは、最早個人的反抗の感情からではなく、広く時代と時代に対する批評を試みることにもならうと思ふからだ」（七・九六）。ここにいう「時代と時代に対する批評」という言葉は、それに先行する「時代と時代の軋轢」という言葉から察せられるように、「旧時代」（同上）及び「新しい時代」（同上）に対する時代批判を意味している。ただし、勝之助の批判的態度は、専ら「旧時代」に向けられている。紅雨に見られるような「新時代」に対する明確な批判的意識は、勝之助には認められない。）『冷笑』を執筆した時期、荷風は、「江戸藝術」の「自由放恣なる独特の発達」を顧みて、少なくとも明治国家の現状においては、文学者と為政者（国家）とは相互に干渉すべきでない、と真摯に考えていた。『流竄の楽土』（四十三年九月。『紅茶の後』（明治四四年一一月二五日、籾山書店））では、次のように述べられている。「抑も文藝と社会の分離は我国に於ても最も特別なる歴史を持つてゐる。三世紀間、儒教を基礎として建設されたる江戸文明は一方に於て、今だに皆なの有難がる武士道を作つたと同時に、一方には絵画と建築とを除いて殆どあらゆる藝術を正等なる社会の埒外に追放して仕舞つた。今から顧れば、自分はいかに、かゝる流竄の宣告を受けたる当時の藝術を羨しく懐しく思返すであらう。江戸藝術は社会から追放流竄されたるが為めに、却て社会道徳の何物にも捉はれ妨げらるゝ事なく、此くの如く自由放恣なる独特の発達を遂げ得たのだ。／仏蘭西帝政時代の末年より共和政治初期に於て、ゴーチエーやルコント・ド・リール一派の詩人は、自ら詩と社会との隔離を主張して、玉の如くに麗しき高踏主義の詩篇を世に残した。／けれども由来、一国の民族より発生する光栄ある大藝術は、既に一度び希臘の昔に於て完全なる其の例證を示してゐる如く、無論社会一般の生活と一致して行かねばならぬ。が、もし其れに反して社会諸方面の事情が、藝術と称する優しい花の蕾の綻るに不便であると思はれる場合、藝術は社会に向つて分離の態度を取るこそ却て幸福であらう。止むなく藝術品種の中に群集的藝術と選択的藝術との別を設けて、其の間に一線を引かねばなるまい」（七・三二五―三二六）。ここには、文学者・荷風の社会批判者的態度が窺われる。しかし、我々は、それにも増して、《社会批判》を抑えようとしている荷風の態度を読み取るべきであろう。『流竄の楽土』は、次のようなセンテンスをもって結ばれている。「自分は戯作者と嘲られ、河原者と卑められたる当時の藝術家が、悠々として散歩した流竄の楽土の美しさを夢みる」（七・三二六）。

右の段落に引用した『流竄の楽土』の中の叙述には、既に『花火』におけるいわゆる「戯作者宣言」の態勢が整っていることが、認められる。そこには、意味内容の異なる文脈においてであるけれども、『花火』の、いわゆる「戯作者宣言」にも認められる、「藝術の品位を引下げる」（七・三二六）という言い回しも用いられている。『流竄の楽土』に見られるような、そのような態勢が「大逆事件」のショックによって増幅されて、いわゆる「戯作者宣言」に至るのである。「自分の藝術の品位を江戸作者（＝江戸戯作者）のなした程度まで引下げる」（十四・二五六。いわゆる「戯作者宣言」における言い回し）ことに徹するに至った荷風は、悠々として「流竄の楽土」に遊びながら、国家・社会の現状と成り行きを、冷静に見つめ、批判的審美主義の立場に立脚して、艶情小説の執筆に渾心の力を傾けることになる。その時点において、荷風は、《諦め》を脱却しているのであった。『「冷笑」につきて』において明らかであるように、荷風の《諦め》についての受け止め方は、アンビバレントである。しかし、『冷笑』に登場する笑人たちは、勝之助を除いては、皆んな《諦め》を媒介にして世俗を超越した人たちである。『冷笑』は、そのような笑人たちの経歴及び思想の語りの叙述によって構成されている。荷風にとって、『冷笑』の執筆は、諦めについて哲学することであったはずである。『「冷笑」につきて』は、『流竄の楽土』と同じく、明治四十三年九月に執筆されたものであるはずであるが、『流竄の楽土』においては、諦めについては、全く言及されていない。いわゆる「戯作者宣言」は、諦めを超越したHorizont（地平）においてなされるのである。付言すれば、荷風が諦めを超越するに至ったのは、『冷笑』においてなされた、諦めについてのPhilosophieren（哲学すること）、及び荷風がほぼ五年にわたる長期間の欧米での生活を通して体験してきた、明確な自己意識に基づく、西洋の個人主義道徳を、己の生き方の拠り所に据えることによってであったはずである。ただし、いわゆる「戯作者宣言」には、江戸戯作者及び江戸芸術に対する荷風の共感が非常に大きく働いていることは、確かである。そして、紅雨の東西音楽の比較論に示されているように、荷風の深い共感を呼び起こした江戸芸術の底流には、日本伝来の、《諦め》の思想が存していたことに、我々は留意しなくてはならない。

ここに付記しておくが、私は『冷笑』の中に「兎に角あの先生は有名な骨董家ですからね」（七・一八五）という吉野紅雨の言葉を見いだし、『おかめ笹』にも「兎に角有名な骨董家で被居るからな」（十三・六五）という雲林堂主人の言葉が記されていることを思い出した。あるいは、荷風は、『おかめ笹』を執筆する際に、『冷笑』を読み返していたのかもしれない。ともかく、私には、『永井荷風の批判的審美主義　特に艶情小説を巡って』の執筆に専念していた時期のことが、無性に懐かしく思い起こされるのである。

第二章　くりこみ理論と諦めの哲学

第一節　くりこみ理論における放棄の原理

南部陽一郎『クォーク 第2版 素粒子物理はどこまで進んできたか』（講談社、一九九八年）の15「朝永・シュウィンガー・ファインマンのくりこみ理論」の章に、「あきらめの効用――くりこみ理論」という一節が設けられている。「無限大の自己エネルギー」という、直前の節を受けて、南部博士は、次のように述べておられる。「この困難を克服してQED（= Quantum Electrodynamics（量子電磁力学））を救ったのが、朝永（振一郎）、シュウィンガー、ファインマン、ダイソンの理論である。その精神を一口で説明するには、朝永博士がときどき使われた「放棄の原理」という表現を引用するのが適当だと思う。その意味するところは、理論が完全で何でも計算できるという期待を放棄して、できるものとできないものをはっきり分けるやり方、ある意味では東洋的あきらめを連想させる哲学である。／こんな哲学が物理学として成功したのは、計算できるものとできないものとの分離を厳密に数学的に実行しうることを朝永その他の人たちが示して見せたからである。この場合、計算できないものとは電子の質量（自己エネルギーを含めて）と電子の電荷の二つで、質量の方はすでに〔「無限大の自己エネルギー」の節で〕説明した。後者の意味は、（略）点電子のまわりに誘起された電子対が、はじめの電荷との力のために分極して、電子は遠くへ逃げ、陽電子は近くに群がる傾向を示す、すなわち最初の点電子がまわりの雲でおおわれて正味の電荷が減ってしまう。この減り方を計算すると実は無限大というナンセンスな答が出るのである。／しかし朝永博士たちの指摘したところによれば、実際の観測にかかるのは全質量と全電荷であって、それを裸の分と雲による分とに区別できない。だから雲の分が無限大であっても、それらを裸の分にくりこんだ全体が実際の質量と電荷であると解釈すれば無限大がうまく処理できる。いわば元金が無限大の黒字、利子が無限大の赤字で、正味は有限ということにしてやりくりするわけである。／（略）」（南部陽一郎『クォーク第2版　素粒子物理はどこまで進んできたか』、一九四―一九六ページ）。（右の引用文中の、**くりこみ理論**（renormalization theory）の成立根拠についての説明は、後に引用する、クォークをハドロンの中に閉じ込めている強い相互作用の**漸近的自由性**についての南部博士の解説を読まれる際にも、参照していただきたい。なお、本章の地の文においては、「量子電磁力学」、「素粒子物理学」という言葉を除いて、現代物理学で用いられている用語は、原則として太字で記すこととする。）

湯川秀樹博士にも量子電磁力学に現れるいわゆる「無限大の難題」、すなわち「無限大の自己エネルギー問題」に取り組んでおられた時期があったことは、南部陽一郎『日本物理学の青春時代』（Laurie Brownとの共著、日経サイエンス編集部訳）の次の記述によっても明らかである。「1932年に朝永〔振一郎〕は、仁科芳雄が率いる理研の研究グループに入る。一方、湯川は、大阪大学に移り、そこで当時最も難しいと思われていた問題に取り組み始めた（小学校1年生のころの湯川を教えていた教師は、湯川を評して「非常に自尊心が強く意志が強固である」と書いている）。／その難問の一つは、有名な「無限大の自己エネルギー問題」である。電子はたえず光子を放出したり再吸収したりして自分自身に電磁力を及ぼすために、それによる電磁的なエネルギーが余分な質量となって現れる。しかし計算の結果ではこれが無限大になってしまい、実際の電子が一定の有限な質量をもっていることと矛盾する、というのがその問題である。／湯川は当時、この問題に関してほとんど成果をあげることができなかったが、その後約20年の間、何人かの世界中の優秀な学者たちがこの問題に取り組むことになる。後に湯川は当時を振り返って、「毎日、新しいアイデアを考え出しては、それをその日のうちに自分で壊していた。夕方家に帰るときにはいつも、絶望的な気持ちになった」と述べている。／そのあげく湯川は、これよりやや易しいと思われる問題に取り組むことにした。陽子と中性子の間に働く核力の問題である。云々」（南部陽一郎著、江沢洋編『素粒子論の発展』（岩波書店、二〇〇九年）、八―一〇ページ）。そして、湯川秀樹博士は**中間子論**を提唱して、サイクロトロンの発明者アーネスト・ローレンスと並んで、「素粒子物理の創始者」になるのであった。（南部陽一郎『湯川と朝永の遺産』（江沢洋訳）には、「……私は、E. Lawrenceと湯川秀樹を素粒子物理の創始者とよんだことがあります。一方は実験の、他方は理論の創始者です。云々」（南部陽一郎著、江沢洋編『素粒子論の発展』、三四ページ）と記されている。同書に収録されている『素粒子物理学、その現状と展望』（中川寿夫、牲川章訳）の「1．素粒子物理学におけるパラダイム」の冒頭の二段落をも見られたい。同書、二九二ページ。）南部陽一郎『日本物理学の青春時代』には、第二次世界大戦中の朝永振一郎博士の研究について、次のような記述が認められる。「……朝永は東京大学の小谷正雄と共に、強力マグネトロン発振機構の理論にも着手していた。マグネトロンはレーダーシステムに使用される電磁波発生装置だった。／Heisenbergも、知り合いの潜水艦艦長に託して、自分が新しく考案した量子の相互反応を記述する方法に関する論文（＝散乱行列（*S*マトリックス）理論の論文）を朝永に送っていた。これは波動の伝播に関する一般論でもあり、朝永はただちにこれをレーダー波の導波管に応用した。／それと同時に朝永は、以前湯川が投げ出していた「自己エネルギー」の問題にも取り組んでいた。その手段として彼は、素粒子がどんな高速度で相互作用している場合にも使えるような記述法をあみ出した。これはDiracの「多時間理論」と言われるものの拡張で、個々の粒子にその位置と時間の両方を指定して、完全に相対論的な記述をするものである。彼はこれを「超多時間理論」と呼んだ。この理論は1943年に理研の学会誌上で発表され、後に量子電磁力学の枠組みとして威力を発揮することになる」（南部陽一郎著、江沢洋編『素粒子論の発展』、一二一一三ページ)。南部博士が朝永博士に親炙するようになられたのは、終戦後のことである。南部陽一郎『素粒子物理の青春時代を回顧する』の1．は、次のような記述をもって始まっている。「私は1943年に東大の物理学科を卒業したいわゆる戦中派の1人である。2年生のときに太平洋戦争が始まり、3年目は短縮されて陸軍に召集され最後は宝塚の近くのレーダー研究所に配属されて、物理の実際的問題に取り組む経験を得ることができた。戦争が終わったあと、すぐ東大物理教室の嘱託に赴任して学生や帰還者たちのグループに参加できたのは幸運だったといえよう。学生の木庭二郎、宮本米二、木下東一郎さんなどは近所の東京文理大と理研に籍をおく朝永振一郎先生のもとで超多時間理論の展開に協力していたが、皆日常の困難な生活に追われてなかなか仕事ははかどらなかったようだ。私は研究室のなかに住み込んでいたが、これも幸運といおうか、日中は私のデスクの前に木庭二郎さんがいたので、彼の仕事ぶりを眺めて少しずつ朝永理論なるものを理解できるようになった。／1947年にラム・シフト（Lamb shift）とパイオン〔＝湯川中間子〕の発見という大事件のニュースが日本にも届き、朝永グループはアメリカの学者たちと量子電磁力学（QED）の完成に向かって激しい競争にまきこまれる。私も自然に朝永グループに参加することになった。QEDの本質は相対論的不変性と繰り込み（renormalization）の概念にある。朝永さんは後者をホーキの原理とも呼ばれたが、私は放棄だか箒だかよく分からず、いずれにしてもあまり気に入らなかった」（南部陽一郎著、江沢洋編『素粒子論の発展』、四一ページ)。朝永振一郎博士の、「放棄の原理」に依拠するという発想が、あまりにも奇抜で大胆な発想であったため、「放棄の原理」なのか「箒の原理」なのかよく分からなかった、ということである。

第二節　くりこみ理論の完成期における日本の物理学研究の状況

朝永振一郎博士が**超多時間理論**（**super-many-time theory**）を提唱されたのは、南部陽一郎博士が大学を卒業された一九四三年のことであるが、それが「放棄の原理」に従って、**繰り込み理論**（**renormalization theory**）に展開する、終戦直後の数年間の、日本の物理学の教育、研究の状況について、朝永博士の論述と、南部博士の論述とを、紹介させていただく。

朝永振一郎博士は、「精神的好奇心」（mental curiosity）について視聴覚教育合同全国大会で講演された『好奇心について』で、次のように述べておられる。「逆説を申し上げましたから、ついでに飢えというものが成長にいかに有効であるかという逆説を申し上げて話を終りたいと思います。自分の専門のことを申し上げて恐縮ですが、日本の物理学が、第二次世界大戦の後、非常に急速なレベルで上ったことを外国人が驚いて、いったいどういう教育が日本で行なわれたかと聞かれるのです。外国人が驚いても、別にどうということはないのですが、その原因は、戦争が終って、学生たちが帰ってきたときのことを思い出してみますとよくわかるのです。彼らは、戦争中に徴用されたり、あるいは軍隊でいろいろなことをやらされて、知的な飢えを満たすことは、ほとんど不可能だったわけです。それが、戦争が終って帰ってきて、知的な飢えを満たそうと――学生ばかりでなく、一般の人もそうだと思うのですが――、それぞれ自分の職場、自分の郷土、自分の学校で、日本を文化的な国にしたいという考えからか、あるいは、戦時中抑圧されていた解放感からか、とにかくすさまじいエネルギーがあった。私の周囲の学生たちも、その頃は非常な意欲をもって勉強してくれたことを、いまでもはっきり記憶しているのです。これは、やはり知的な飢えということが非常に大事な要素になっていたと、私の経験からは考えざるを得ないのです」（朝永振一郎著、江沢洋編『科学者の自由な楽園』（岩波書店、二〇〇〇年）、七五ページ）。ここにいう「戦争が終って」「帰ってきた」「〔朝永振一郎教授の〕周囲の学生たち」のうちには、南部陽一郎博士のような、「朝永ゼミ」に参加していた若手研究者も数えられている。南部陽一郎『素粒子論研究』には、「……朝永グループの仕事を学んだのは、私の友人を通じたり、学生時代以来理研や文理大で行われた朝永、仁科グループのセミナーを傍聴したりした結果である」（南部陽一郎著、江沢洋編『素粒子論の発展』、二六八ページ）と記されている。（この記述に続けて、「朝永の理論グループと仁科の実験グループとの協力が実に緊密であったのは注目すべきことである」（同上書、同上ページ）と記されている。コペンハーゲン大学の理論物理学研究所（後にニールス・ボーア研究所と改称）で**クライン‐仁科の公式**（**the Klein - Nishina formula**）を発見し、帰国後は日本に量子力学を本格的に移入することに尽力された仁科芳雄博士は、宇宙線観測の研究を契機に実験物理学に転じられ、戦時中は理化学研究所にサイクロトロンを設置するために奔走された。)

南部陽一郎『日本物理学の青春時代』(Laurie Brownとの共著、日経サイエンス編集部訳)の「平和と空腹」の節には、以下のような記述が認められる。「……朝永は、家族とともに研究所(当時、東京文理科大学物理学教室の分室があった新宿区大久保の旧陸軍技術研究所——引用者)住まいをしていたが、その研究所でさえ空襲のため半壊状態だった。またわたしは、東京大学の研究助手として着任したあと、3年の間研究室に寝泊まりしていた。寝るときには、自分の研究机の上にござを敷いて横になり、着るものは、洋服が何もなかったのでいつも軍服を着ていた。わたしの周りの部屋もみな同じような状態で、その1つには、ある教授がなんと一家全員で住み込んでいた。/誰もが食料を調達するのに必死だった。わたしは時には東京の魚市場まで出かけて、イワシを見つけてくることもあった。しかし冷蔵庫がないので、魚はすぐに悪臭を放った。そして週末には郊外まで足を延ばす。そこで農家を歩き回って、もらえるものは何でももらってくるのである」(南部陽一郎著、江沢洋編『素粒子論の発展』、一五ページ)。(右の引用文に関連して言えば、南部陽一郎『素粒子論研究』に、次のように記されている。「旧制大学を2年半で切り上げ3年間の軍隊生活をしたあと、私は幸いにして予め決まっていた職——東大理学部物理学科の嘱託——につくことができた。これは1946年の正月ごろだとおもう。敗戦のあとの悲惨な生活環境は今からではとても如実に描写できそうもないが、そんな環境が却って私の研究者としての土台をつくるのに役立ったかもしれない。この期間は今の制度ではドクターコースのレベルに相当するとおもうが、教授からわれわれに至るまで第一の関心事は如何にして毎日食べて行くかということで、研究の方は自然放任の状態であった。従って衣食住は最低を維持する以上の野心はなく、残りのエネルギーがあれば物理のいろいろな概念を咀嚼し、自分のペースで自分の考えを発展させようとした。この点東大理学部1号館の305号室で自炊生活をしたのは理想的であったといえる。同僚の助手、嘱託の連中がいくつかの部屋を占領して机を並べ、夜でもとなり部屋の住人を訪ねて議論することができた。［シカゴ大学でも研究生活はこれに近い。学生も教授も大ていい歩いて通える距離に住んでいるからである。］」（南部陽一郎著、江沢洋編『素粒子論の発展』、二六一ページ）。）

南部陽一郎『日本物理学の青春時代』の記述は、段落を改めて、次のように続く。「わたしの研究室には、他にも何人か物理学者仲間がいた。木庭二郎は、東京文理科大学の朝永の研究グループで自己エネルギーの問題と取り組んでいた。また仲間の中には、小谷〔正雄〕と彼の助手である久保亮五の指導の下で、固体や液体の研究（現在では物性物理学と呼ばれている）を専門にしている者もいた。久保亮五は、後に統計力学の分野で多くの業績を上げて有名になる。若い研究者たちは互に知識を交換し合い、また占領軍の設立した図書館に通って、海外から到着した雑誌を読みながら熱心に研究を続けた」（南部陽一郎著、江沢洋編『素粒子論の発展』、一五―一六ページ）。ここに記されている「熱心に研究を続けた」という言葉は、「すさまじいエネルギーをもって熱心に研究を続けた」という意味である。（木庭二郎博士は、朝永博士の**くりこみ理論**の完成に非常に大きく貢献された。南部陽一郎『木庭二郎の生涯と業績』には、次のように記されている。「木庭は1941年に東大物理学科に入学したが、健康のため直ちに2年間休学せねばならなかった。しかしそれが彼の幸いであったかもしれない。東京文理科大学（筑波大学の前身）と理化学研究所に属していた朝永振一郎が1944年に東大の講師として招かれ量子論の講義をした。木庭と朝永との協力はこのときに始まる。朝永は1943年ごろから超多時間理論の発展を始め、文理大の伊藤大介、金沢捨男、田地隆夫など、東大の木庭二郎、早川幸男、福田博、宮本米二などの学生を協力者とされた。朝永は彼らを巧みに指導してプロジェクトの個々の問題を取上げたが、朝永は木庭を片腕として最も重要な問題に取組んだ。これらはアメリカで1947年のLamb－Retherfordによる Lamb シフトの発見、Schwinger, Feynman, Dyson たちの量子電磁力学（QED）の展開以前に始まったものであることは言うまでもない。云々」（南部陽一郎著、江沢洋編『素粒子論の発展』、四三七―四三八ページ）。）

南部陽一郎『日本物理学の青春時代』の記述は、段落を改めて、次のように続く。「坂田（昌一）は当時名古屋大学の理学部にいたが、戦災のため彼の学部は郊外の小学校に仮住まいをしていた。その坂田が、1946年の学会で電子の無限大の自己エネルギーの問題を解決するのに、電子の中で電磁気力と未知の力とが釣り合っているという考えを提案した。／ちょうどこのころ、プリンストン高級研究所の Abraham Pais も同じような方法を提案していた。その手法自体には欠陥もあったが、これがきっかけとなって朝永の研究グループは無限大の自己エネルギーの問題を処理する方法を発見した。* 現在「くりこみ理論」として知られているものだ。／これは一口で言えば、電磁力による自己エネルギーが何であっても、もともとある質量にくりこんだ全体が実際の有限な質量として観測されると考えて差し支えないということである。この結果は湯川自身が１９４６年に創刊した英語の論文誌 *Progress of Theoretical Physics* で発表された。１９４７年の９月に朝永は、*Newsweek* 誌で驚くべき実験結果を知ることになる（南部陽一郎著、江沢洋編『素粒子論の発展』、一六―一七ページ）。ここに記されている「驚くべき実験結果」とは、もちろん、「Lamb シフト」の発見のことである。南部陽一郎『日本物理学の青春時代』には、一段落おいて、次のように記されている。「この発見が報告されるとすぐに、コーネル大学の Hans A. Bethe がこのエネルギーのずれ、いわゆる「Lamb シフト」の非相対論的な計算を発表した。「Lamb シフト」の原因は、電子が原子内を運動する際に、無限の自己エネルギーが有限だけ変化するからである。朝永は、学生らと協力してすぐに自己エネルギーのくりこみを正しく考慮することによって相対論的に厳密な結果を得ることができた」（南部陽一郎著、江沢洋編、同上書、一七ページ）。（＊を付した箇所については、南部陽一郎『アイディアの輪廻転生――素粒子論の歴史と展望』の「無限の自己エネルギーの問題――くりこみ対凝集力場」の節の、「電子の電磁的自己エネルギーが無限大になることは、Lorentz に始まる長年の問題ですが、今ではくりこみという考え方で片づいたとされるのがふつうです。しかしＱＥＤが誕生した当時、朝永はそのくりこみ理論を発展させる際、競争的立場にある坂田理論によって助けられたのです。なぜなら、くりこみ理論と坂田理論を比較できたおかげで、朝永は自らの議論を研ぎ澄ますことができたからです。坂田先生は、電磁場以外に重い中性スカラー場を導入して、両方の打ち消し合いによって電子の自己エネルギーを有限にすることを提案していました。同等の提案を、Pais も独立に行なっていました。云々」（南部陽一郎著、江沢洋編、同上書、一六一ページ）という記述、及び、朝永博士のノーベル賞受賞講演を参照されたい。朝永博士のノーベル賞受賞講演（英文）は、岩波文庫版、朝永振一郎著、江沢洋編『科学者の自由な楽園』と双対関係にある岩波文庫版、朝永振一郎著、江沢洋編『量子力学と私』（岩波書店、一九九七年）の巻末に、ノーベル賞受賞講演に出て来る英語の術語に、それに相当する日本語の術語を併記した対照表を添えて、全文が収録されている。）

第三節　くりこみ理論と諦めの思想

南部陽一郎『朝永先生の足跡』には、次のような記述が認められる。「さて30年以上たった現時点で〔＝1979年の時点で〕繰り込み理論の意義を考察してみたらどうだろうか。繰り込みという巧みな名前は朝永さんが広めたものであろう。英語の renormalization とは違ったニュアンスをもっている。この概念自身は1930年代に少しずつ芽生えていて、例えば Dirac のなかにも見出される。この操作を実行するには無限大の量と有限の量を分離する処方が必要であり、そのためには相対論的摂動論を開発せねばならぬ。Dirac が始めた多時間理論を、朝永さんは超多時間理論という完全な場の量子論に拡張することによってこれをなしとげた。湯川さんのマルの理論がその間刺激を与えたのも事実であろうが、[*]朝永さんは〔ドイツ留学時に、ハイゼンベルクから、それの重要性を教示された〕場の反作用を追究するというはっきりした目的をもっておられたとおもう」（南部陽一郎著、江沢洋編『素粒子論の発展』、四三四ページ）。（＊を付した箇所については、湯川・朝永生誕百年企画展委員会編集、佐藤文隆監修『新編 素粒子の世界を拓く 湯川・朝永から南部・小林・益川へ』（京都大学学術出版会、二〇〇八年）、第3章、江沢洋氏執筆「朝永のくりこみ理論――場の量子論の完成」の4「中間結合の理論」の、「湯川は、場の理論が根本的に間違っていると主張し、マルの理論を唱えた。場の理論は任意の時刻での場の状態を知ると後の時刻の状態も知ることができるという形をしているが、あらゆる空間点の場の値など知る由もないというのだ」（同書、七二ページ）という記述、及び同書、第8章、金谷和至氏代表執筆「拓かれた素粒子の世界」の2「力も物質も場」の、「離れた物体の間に力が瞬時に作用するのではなく、場を通じて段階的に伝わる。この見方は相対性理論と矛盾しない理論を作る上で重要である。朝永は場の量子論を相対論的に不変な形で記述するために「超多時間理論」を提案した。空間の各点にそれぞれ別の時間を与え、それらが独立に時間発展できるとした理論である。超多時間理論は後のくりこみ理論の完成に重要な役割を果たし、場の量子論を完成させた」（同書、一六四ページ）という記述を併せ読めば、明瞭に理解できる。なお、湯川秀樹博士の**マルの理論**については、同上書、第2章、小沼通二氏執筆「湯川の中間子論――未知の荒野へ」の6「理研の中間子討論会」の、「湯川の講演メモが、研究室日誌（一九四二年四月二四日）に残されている。／湯川は、ある座標系での二つの時刻（無限に延びた二本の水平線）の間の領域から、空間的に（左右に）かぎられた矩形の領域を考え、これを特定の座標系によらない丸い領域に変えて、（点ではなく大きさを持った）この微小領域（マル）の中で、無限大の出てこない場の量子論を構築しようと試みた。／その後も湯川は会合の度毎に、黒板にマルを書いて、この領域の中で理論を変革する試みを話し続けた。この延長線上に、非局所場理論（一九四六年―一九六五年）、素領域理論（一九六五年―一九六八年）が登場した」（同上書、五九―六〇ページ）という記述を参照されたい。）

南部陽一郎『朝永先生の足跡』の記述は、前引の記述に続けて、段落を改めて、次のように続く。「あのころ朝永さんは「繰り込み」の外に「放棄の原理」ということばをよく使われた。私にはよく意味がわからなかったので何となく耳障りであった。「箒の原理」かな、と半ば真面目に考えたこともある。自己エネルギーの無限大を解決することを一応放棄して、もっとやさしい問題に限定するというのは何か東洋的な哲学を連想させる。しかしはじめに立てた目標に向って勇往邁進するよりも、一歩ごとに環境を鋭く観察し、絶えず観点を変えて突破口をみつける近視的な立場によって意外な方向に事が進歩するのは研究者の常識であり、私もその後だんだんと実地の経験によって悟ってきた」（南部陽一郎著、江沢洋編『素粒子論の発展』、四三五ページ）。周知のように、晩年のアルバート・アインシュタインは、プリンストンの高等学術研究所（Institute for Advanced Study（IAS））で「電磁気学を含むように一般相対論を拡張する」「統一理論」（以上、佐藤文隆『物理学の世紀』（集英社、一九九九年）、一四六ページ）、すなわち「重力場と電磁場の統一場理論」（矢野健太郎『アインシュタイン伝』（新潮社、一九九七年）、一九二―一九五ページ）を完成するために邁進した。現代の物理学から見れば、どのように高度な数学的手法――アインシュタインが**統一場理論**の構築のために用いた数学は、基本的には、**一般相対論**の構築ために用いたのと同じく、**リーマン幾何学**、及びリーマン幾何学に基づいて案出された**絶対微分学**＝**テンソル解析**であった――をもってしても、それによって彼の**統一場理論**を完成させることは、不可能であった。ただし、アインシュタインの**統一場理論**が、今日の**ゲージ場の統一理論**を先駆する理念論的意義を有していたことと、アインシュタイン及び彼の研究協力者たちによって、**統一場理論**を完成させるべく案出された高度な数学的手法が現代の数理物理学において重要な意義を有していることは、高く評価されなくてはならない。* しかし、**一般相対論**において重力場の構造を数学的手法をもって幾何学的に解明することに成功したアインシュタインは、数学的手法をもって彼の**統一場理論**を完成させることができるという自信を抱き続けていたのである。ただし、所期の研究目標を達成することが不可能であることが判明した場合には、また、それが極めて困難であることが判明した場合にも、研究者は、「はじめに立てた目標に向って勇往邁進する」（南部陽一郎著、江沢洋編『素粒子論の発展』、四三五ページ、参照）という態度を《放棄する》のではないであろうか。そのような意味での《放棄》は、研究者の賢明な方策であって、自分の合理的な思慮分別によるものである。そのような場合、《放棄》は、「東洋的あきらめ」と必然的なつながりを有さないであろう。ただし、「自己エネルギーの無限大を解決することを一応放棄〔する〕」という、朝永振一郎博士が使われた「放棄の原理」という言葉の、「放棄」という語には、「東洋的あきらめ」というニュアンスが深く込められていたはずである。（＊を付した箇所については、矢野健太郎『アインシュタイン伝』の、次のような記述を参照されたい。「こうしてアインシュタイン先生は〔一九五五年に〕ついになくなられたが、その先生の作られた相対性理論は、いまでは物理学のなかに滲み込んでしまっており、先生が晩年に力を入れて研究しておられた統一場理論、とくに非対称テンソルにもとづく統一場理論（一九四五年――引用者）は、いまでも非常に多くの研究者の注目を集めている。云々」（矢野健太郎、同上書、二九四ページ）。なお、矢野健太郎『アインシュタイン伝』では、「ワイル〔＝ヘルマン・ワイル〕が〔「アインシュタインがその一般相対性理論を発表した一九一六年から二年のちの一九一八年に」「重力場と電磁場に関する統一場の理論」を作るために〕利用した空間」、すなわち「ワイルの空間」（以上、同書、二六五ページ）、及び「カルツァ・クラインの五次元相対性理論」（同書、二六六ページ）についても、解説されている。矢野博士は、次のように記しておられる。「この、重力場と電磁場を統一した理論を作ろうという試みは、〔ワイルの試みに続いて〕さらにカルツァによって一九二二年に試みられた。カルツァの着想は、それまでのアインシュタインとワイルの理論においては、四次元のリーマン空間が用いられていたが、その代りに、五次元のリーマン空間を用いて、そのなかの一つの曲線を、われわれの四次元時空の一点と見なそうとする点にあった。このカルツァの試みは、一九二六年にふたたびクラインによってとり上げられたので、現在ではカルツァ・クラインの五次元相対性理論とよばれている」（矢野健太郎、同上書、二六五―二六六ページ）。）

第四節　九鬼周造『「いき」の構造』を参考にして

九鬼周造『「いき」の構造』の「二「いき」の内包的構造」においては、「意識現象の形において意味として開示される「いき」の会得の第一の課題として、我々はまず「いき」の意味内容を形成する徴表を内包的に識別してこの意味を判明ならしめねばならない」（岩波文庫版、九鬼周造『「いき」の構造 他二篇』（岩波書店、二〇一〇年、第51刷）、二二ページ）とした上で、「「いき」の第一の徴表は異性に対する「媚態」である」（同上書、同上ページ）、「「いき」の第二の徴表は「意気」すなわち「意気地」である」（同上書、二五ページ）、「「いき」の第三の徴表は「諦め」である」（同上書、二六ページ）と、「内包的見地」（同上書、二二ページ）から見た、「いき」の三つの徴表が挙げられている。九鬼博士は、「「いき」の第三の徴表は「諦め」である」という記述に続けて、「いき」の表徴の一つとしての「諦め」について論じておられる。飽くまでも「「いき」の構造」論の一環として、「諦め」論が展開されているのであるが、そこには、「……要するに、「いき」は「浮かみもやらぬ、流れのうき身」という「苦界《くがい》」にその起原をもっている。そうして「いき」のうちの「諦め」したがって「無関心」は、世智辛い、つれない浮世の洗練を経てすっきりと垢抜した心、現実に対する独断的な執着を離れた瀟洒として未練のない恬淡無碍《てんたんむげ》の心である。「野暮は揉《も》まれて粋となる」というのはこの謂にほかならない。婀娜《あだ》っぽい、かろらかな微笑の裏に、真摯な熱い涙のほのかな痕跡を見詰めたときに、はじめて「いき」の真相を把握し得たのである。「いき」の「諦め」は爛熟頽廃の生んだ気分であるかもしれない。またその蔵する体験と批判的知見とは、個人的に獲得したものであるよりは社会的に継承したものである場合が多いかもしれない」（同上書、二七―二八ページ）という記述に続けて、次のように述べられている。

「それはいずれであってもよい。ともかくも「いき」のうちには運命に対する「諦め」と、「諦め」に基づく恬淡とが否み得ない事実性を示している。そうしてまた、流転、無常を差別相の形式と見、空無、涅槃を平等相の原理とする仏教の世界観、無縁にむかって諦めを説き、運命に対して静観を教える宗教的人生観が背景をなして、「いき」のうちのこの契機を強調しかつ純化していることは疑いない」（同上書、二八ページ）。後者の引用文において、九鬼周造博士が「いき」の三徴表の一つとしての「諦め」を、「仏教の世界観」――そして、ここでは「宗教的人生観」という言葉で言い表されている、仏教の人生観――に起源するものとして把握しておられることは、明瞭である。九鬼周造博士の所論を踏まえて考えれば、朝永振一郎博士の「放棄の原理」というフィロソフィーの根源にあるのは、仏教の世界観・人生観であったように思われる。

第五節　くりこみ理論が現代の素粒子物理学において有する意義

南部陽一郎『朝永先生の足跡』に戻ろう。南部博士の記述は、前引の記述に、段落を改めて、次のように続く。「繰り込み理論が問題の最終的解決だとは現在でも一般に認められていない。しかしそこに一種の不快感がつきまとうのは東洋的あきらめに対する不満を表わすものだろうか。またある意味では量子力学の解釈をめぐる論争にも似ている。量子力学が理論として完全であるかどうかについてEinsteinをまつまでもなく未だに疑問をもつ人が多く、私も量子力学が理解されたとは思っていない。ただ繰り込み理論の場合は事情はもう少し単純で、非常に近い距離、例えばPlanckの長さ（$\sim 10^{-33}$cm）のあたりで破綻が現われるだろうというLandauの予想（一九五五年――引用者）は最近のゲージ場の統一論における信条になってしまった。もしそうだとすれば繰り込み理論の寿命はとてつもなく長いことになる。Planck質量$\sim 10^{19}$GeV$/c^2 \sim 10^{-5}$gのエネルギーまで加速器が到達できるとはちょっと考えられないからである。しかしもしこんな質量をもつクォークか何かが見つかったとしたら話は別である」（南部陽一郎著、江沢洋編『素粒子論の発展』、四三五ページ）。朝永博士の場合、「くりこみ」という手法が、「東洋的あきらめ」によって案出されたことは、南部博士の、前引の「あのころ朝永さんは「繰り込み」の外に「放棄の原理」ということばをよく使われた」という記述によって明らかである。朝永博士の場合に限らず、ジュリアン・シュウィンガーの場合にも、リチャード・ファインマンの場合にも、「リノーマリゼイション」という手法を量子電磁力学に導入・適用して「自己エネルギーの無限大」――量子電磁力学に現れる《無限大の発散》――の難題をクリアするとき、「自己エネルギーの無限大を解決することを一応放棄して」いるはずである。量子電磁力学になぜ「自己エネルギーの無限大」が現れるのか、という問題を根本的に解決することを後回しにする形で、「リノーマリゼイション」という手法が導入・適用されて、今日の量子電磁力学が完成した。**繰り込み理論**はPlanck の長さの近くに至るまで適用可能であるということが、明らかにされている。

南部陽一郎『朝永先生の足跡』の記述は、段落を改めて、次のように続く。「ともかく、量子力学と同じように繰り込み理論の成功は圧倒的である。量子電磁力学（QED）における理論と実験の一致は驚嘆に値する。その上 Weinberg - Salam の統一場理論によってQEDがどのように修正されるべきかもわかってきた。もしW - S理論の全体がWボソンの発生などによって裏書きされれば、繰り込み理論の信者にとっては当り前と受けとられるだろうが、万一予言が外れた場合には繰り込み理論の方にまで疑いがかかることになるかもしれない」（南部陽一郎著、江沢洋編『素粒子論の発展』、四三五ページ）。南部陽一郎『朝永先生の足跡』が雑誌「科学」（岩波書店）に掲載されたのは、一九七九年一二月である。その後、一九八三年、カルロ・ルビアとファン・デル・メールの率いる、CERNの研究チームが、Wボソン（weak boson）を発生させることに成功し、**W - S理論**（**電弱統一理論**）は、実験的に裏書きされた。引用文中の「量子電磁力学

（QED）における理論と実験の一致」、すなわち電子の磁気能率の実験値と理論値との正に「驚異に値する」一致について、ここでは南部陽一郎『クォーク 第2版 素粒子物理はどこまで進んできたか』の15「朝永・シュウィンガー・ファインマンのくりこみ理論」の、「量子電磁力学」の節の後半部の次のような記述を引用させていただく。「……このような精度の高い測定をやり遂げる実験家の腕もさることながら、QEDによる計算も大変な規模である。この方面の権威、木下東一郎博士（コーネル大学）によれば、彼が精度を上げるべくやっている計算は大コンピュータを使って数百時間もかかるという。／こんな大努力を人が惜しまないのはQEDが全面的に信頼されているからである。逆に言って、もしどこかで破綻が生ずれば、それ自体が大発見となるだろう（右の磁気能率の値のわずかなずれ（南部陽一郎、同書、一九〇ページの、一五行目に実験値の補正因子が、一六行目に理論値の補正因子が記されているが、小数第11位で初めて現れるずれ――引用者）は本当のものだとは考えられていない）。このQEDは朝永、シュウィンガー、ファインマン、ダイソンなどの人たちによって一九四〇年代に完成されたもので、素粒子論に取り組む理論家にとっては一つの手本となるべき理論形式である」（南部陽一郎、同書、一九一ページ）。（ここにいう「補正因子」とは、「〔電子の磁気能率が〕ディラック方程式〔＝相対論的波動方程式〕から出てくる素朴な結論――すなわちボーア・マグネトンの二倍の値――よりわずかにずれてい〔る〕」ことにより、それにかかる補正因子のことである（南部陽一郎、同上書、一九〇ページ）。）朝永振一郎博士が素粒子論研究の方法論的原理として語られた「放棄の原理」を介して、**くりこみ理論**が構築されて、素粒子物理学には、「われわれの能力が超精密の域にまで達しているような部門」（南部陽一郎、同上書、一九〇ページ）としての量子電磁力学が確立されたのである。「放棄の原理」による「あきらめの効用」（南部陽一郎、同上書）は、言い尽せないほど大きかったのである。（なお、南部陽一郎博士と木下東一郎博士は、朝永振一郎博士の推薦によって、一九五二―一九五四年、プリンストンの高級研究所（IAS）に留学された。南部陽一郎『素粒子論研究』には、次のように記されている。「プリンストン時代は私の〔大阪市立大学教授時代に続く〕第二の試練期である。はじめて国外に出て、国際舞台で第一級の人たちと競争することになったからである。そのころは研究所の黄金時代で、Pauli, Pais, Yang (楊), Lee (李), Van Hove, Källen, Thirring などの顔ぶれと知合いになった」（以上、南部陽一郎著、江沢洋編『素粒子論の発展』、二六四―二六五ページ）。文中に名前を挙げられている、Yang（楊）と Lee（李）は、言うまでもなく、weak interaction（弱い相互作用）における**パリティの非保存**（**P対称性の破れ**）の理論構築（一九五六年）により、一九五七年度のノーベル物理学賞を受賞することになる、楊振寧（C. N. Yang）と李政道（T. D. Lee）のことである。本章との連関で言えば、Yang は、R. L. Mills と共同で、「**非 Abel 場**」又は「**Yang - Mills 場**」と呼ばれる**ゲージ場の理論**を提唱して（一九五四年）、現在の**ゲージ理論**の基を築いた物理学者でもある。（なお、重力場は、ゲージ場としては、**非 Abel 場**に数えられる。））

以上をもって、「あきらめの効用」として「くりこみ理論」が完成されたことについての論述を終えたことにするが、ここで、南部陽一郎博士が**量子色力学**（**QCD**）に「繰り込み理論」の究極的な試金石としての意義を認めておられることに注目しておこう。南部陽一郎『朝永先生の足跡』には、先の引用文に続けて、段落を改めて、次のように記されている。「繰り込み概念自身の発展から考えれば、私は非Abel場の量子論の展開がQEDの成功の次におこった大事件だとおもう。古典的には長さのスケールをもたぬ場に長さが導入され、漸近的自由のような非古典的性質が導かれたのは繰り込みの論理を究極までおし進めた結果であるといってよかろう。色の量子力学（Quantum Chromodynamics）こそ繰り込み理論の試金石である。云々」（南部陽一郎著、江沢洋編『素粒子論の発展』、四三五―四三六ページ。なお、同書、二九七ページをも参照されたい）。（電磁場は、ゲージ場としては、**Abel場**（**可換ゲージ場**）である。）朝永博士、シュウィンガー、ファインマン、ダイソンによって築かれた、QEDにおいて確立された**くりこみ理論**が、一九七一年、G・トホーフト、M・フェルトマンによって**非Abel場**（**非可換ゲージ場**）＝**ヤン‐ミルズ場**にも適用可能であることが解明され、**W‐S理論**が完全な理論であることが論証された（トホーフトとフェルトマンは、右記の業績によって、一九九九年度のノーベル物理学賞を受賞する）。**くりこみ理論**は、QEDの域を越えて、**W‐S理論**の完成においても大きな効力を発揮したのである。ちなみに、QCDにおける、**漸近的自由性**を備えたstrong interaction（強い力）が働く**色**（**color**）**のゲージ場**＝**グルーオン**（**gluon**）**の場**も、ゲージ場としては、**非可換ゲージ場**である。（なお、南部博士が、漸近的自由性の発見が「繰り込みの論理を究極までおし進めた結果」

であることを強調しておられるゆえん、及びＱＣＤをもって「繰り込み理論の〔究極的な〕試金石」であることを強調しておられるゆえんについては、南部陽一郎『クォーク第２版 素粒子物理はどこまで進んできたか』の、次のような記述をも参照されたい。南部博士は、次のように述べておられる。「漸近的自由性は一般に非アーベル場（ヤン＝ミルズ場）量子論の大きな特徴と考えてよい。（略）ＱＥＤの場合には裸の点電荷のまわりに電子対の雲ができて、もとの電荷を遮蔽する傾向があるため、裸の電荷は正味の電荷より大きいのだが、非アーベル場では傾向が反対になる。すなわち場がまた場を生むという性質によって、裸の「電荷」のまわりに同じ符号の電荷がくっつき、遠くから見るほど正味がふえる。逆に言えば電荷の芯をさがすべく雲をかきわけて近づくと、影がだんだんうすくなってゆうれいのようについに消えてしまうことになる。あるいはエネルギーに直して表現すれば、エネルギーを上げて短距離における力をしらべようとするとだんだんクーロン力の場合より弱くなってくる。これが漸近的自由の意味なのである。／こんな奇妙なことはくりこみ理論からの数学的帰結であるが、直観的に理解しがたい。右に述べた若い人たち〔＝「トホフト（オランダ）、グロスとウイルチェク（アメリカ）、ポリツァー（アメリカ）」という、「一九七三年ごろ」「ＱＣＤのもつ漸近的自由性（asymptotic freedom）という不思議な性質」を発見した、「いずれもまだ学生か学位とり立ての新進気鋭の人たち」〕があえて計算してみるまで誰も予期しなかったのは無理もない（もっともヤン＝ミルズ場にくりこみを適用すること自体に数学的困難があり、それが解決されるまで相当の年月を経たことも事実であるが）。／（略）」（同書、二〇四―二〇五ページ）。

第六節　朝永振一郎博士における「放棄の原理」というフィロソフィーの芽生え

朝永振一郎博士によって、ＱＥＤに現れる「自己エネルギーの無限大」という難題をクリアするために、「東洋的あきらめ」（仏教的諦観）を連想させる「放棄の原理」というフィロソフィーに基づいて、ＱＥＤにおいて**くりこみ理論**が確立され、その後、**くりこみ理論**が**QCD**や**W-S理論**においても決定的な効力を発揮したことを、私は、南部博士の著作に依拠して論述した。

ここでは、湯川秀樹博士が、朝永振一郎博士のことを「限界を心得ながら、うまい考えを出すというタイプの人」と呼んでおられることを、紹介しておこう。湯川博士は、次のように述べておられる。「〔旧制第三高等学校の〕理科乙では、大多数の学生が力学をやらない。少数の希望者だけが、私たちの理科甲の学生にまじって力学の講義を聞いた。その中には朝永振一郎君、多田政忠君、小堀憲君などがいた。いずれも優秀な学生であることは、力学の演習問題をやる時に、よくわかった。殊に朝永君は、私がそれまで知っていたどの友人よりも、頭が良いことが私には直ちにわかった。／この時以来、朝永君と私とは、ずっと同じ道を歩むことになった。こういうすぐれた同行者を持ったことが、私にとってどんなに大きな刺激となり、はげみとなったことか。――／かつて父が批評したように、私には独断的な所がある。自分の考えを徹底さそうとする。知らぬ間に「行きすぎ」をやる。時には飛躍しすぎる。朝永君は、そういう間違いを滅多にやらない人である。限界を心得ながら、うまい考えを出すというタイプの人である。得難い同行者である。——」（湯川秀樹『旅人 ある物理学者の回想』（角川学芸出版、二〇〇六年、七十六版、一七〇—一七一ページ））。湯川博士が朝永博士のことを「限界を心得ながら、うまい考えを出すというタイプの人」と呼んでおられるところからも、朝永博士は若き日から「放棄の原理」というフィロソフィーをもって研究に取り組んでおられように、私には思われる。朝永博士が、量子電磁力学に現れる、電子の質量・電荷の無限大の発散という難題をクリアすべく、**くりこみ理論**を完成された際、「放棄の原理」に依拠されたゆえんもそこに求められるであろう。（ただし、「放棄の原理」は、飽くまでも朝永博士の物理学研究上のフィロソフィーであって、朝永博士ご自身の生き方の格率（Maxime）ではなかったことは、言うまでもない。）

第七節　統一場理論の歴史的伝統と素粒子物理学にとっての意義——諦めを超越したアインシュタインの探究心を念頭に置いて

南部陽一郎博士は、「カルーザ‐クラインの多次元空間理論」（南部陽一郎著『クォーク 第2版素粒子物理はどこまで進んできたか』、二九六、三〇四ページ）についての解説において、「カルーザ‐クライン理論の魅力はこれだけではない。重力場とは、アインシュタインの理論（＝一般相対論）では時空の曲がりを表すものであったが、同様にして電磁場とは四次元の時空と、五次元方向への曲がり方（つまり円筒の曲率）に関係するものと解釈される」と述べておられる（同書、三〇六ページ）。そこでは、電波が、導波管の円筒の表面にまきついて進んでいく、という形で、第五次元の余剰次元空間についての解説がなされている。（右の引用文に先行する三つの段落においては、「マイクロ波の回路として使われる導波管」の中を電波が伝播する際、電波が「〔導波管の〕壁にぶち当たってジグザグ運動する」場合には、「ジグザグすれば縦の方向に進む〔電波の〕速度は普通の光速度より遅く、その電波の量子はあたかも質量のある粒子のようにふるまう。だから縦に伝播する粒子の質量は横の次元の大きさによるものと考えることもできる。トンネルや導波管の断面は二次元であるが、その代わりに円筒の表面だけ（すなわち断面は一次元の円周）をとる方が簡単で、この場合は円筒にまきついて進む波が質量をもつことになる。」というように、余剰次元空間（五次元の時空（five-dimensional space-time）の第五次元空間）において素粒子に質量が発生するとする、「カルーザ - クラインの多次元空間理論」で考えられている、素粒子の質量の発生（獲得）のメカニズムが、解説されている*（同書、三〇五—三〇六ページ）。「カルーザ - クラインの多次元空間理論」に名を連ねているクラインは、**クライン - ゴルドン方程式（the Klein - Gordon equation）**、**クライン - 仁科の公式**を発見したオスカル・クライン（Oskar Klein）である。）なお、「カルーザ - クラインの多次元空間理論」については、南部陽一郎『「素粒子」は粒子か?』における「Kaluza - Klein の理論」についての解説（南部陽一郎著、江沢洋編『素粒子論の発展』、一二九—一三〇ページ）をも参照されたい。アインシュタインの

統一場理論の構想に先行して、ヘルマン・ワイル（Hermann Weyl）による**統一場理論**と、「カルーザ－クライン理論」としての**統一場理論**が、創案されていたのである。南部陽一郎『素粒子物理学、その現状と展望』（中川寿夫、牲川章訳）には、次のように述べられている。「統一という考え方は、もちろん〔「ゲージ理論」としての、「自然界のすべての力（または相互作用）は一つの内包的原理から導かれ、そして統一的な記述に従っているという観点に基づいている」、現代の素粒子物理学における「統一場理論」よりも〕ずっと古くにまでさかのぼる。時空の幾何学に基づくEinsteinの重力理論に触発されて、WeylやKaluzaは、各自Einsteinの幾何学を拡張することにより重力と電磁気を合体させようと試みた。Einstein自身も後半生を正しい統一理論の探究に捧げた。すべてのこれらの試みは失敗したが、ゲージ変換とか高次元空間などという重要な概念は彼らのおかげで確立されたのである」（南部陽一郎著、江沢洋編『素粒子論の発展』、三〇一ページ）。**ゲージ場の統一理論**に先行する、アインシュタインの**統一場理論**に至るまでの、数学的手法にしか拠り所を求めることのできなかった、まだ**電弱統一理論**（「電磁力」と「弱い力」の統一理論）の構想や**大統一理論**（「強い力」と「電磁力」と「弱い力」の統一理論）の構想が芽生えるずっと以前の時代の、**統一場理論**の研究が、現代の素粒子物理学にもたらした成果に、我々は注目しなくてはならない。ヘルマン・ワイルも、テーオドール・カルーザ（Theodor Kaluza）も、「時空の幾何学に基づくEinsteinの〔一般相対性理論の〕重力理論に触発されて」、「重力と電磁気を合体させ〔る〕」**統一場理論**の着想を得たのであった。そして、アインシュタインは、

《諦める》ということなどを全く念頭に置かないで、彼の**統一場理論**の完成を目指しての真剣な研究に、最後まで没頭し続けたのである。（＊を付した箇所について言えば、「カルーザ－クラインの多次元空間理論」が創案された時点においては、原子核の存在、したがって陽子の存在は知られていても、まだ中性子は発見されておらず、明確に素粒子として認識されていたのは、電子と光量子（光子（電磁相互作用媒介素粒子））だけであった。カルーザ－クラインの**統一場理論**では、**一般相対論**の四次元時空を超える、第五次元空間が電磁場に相当する。そのようなことをも念頭に置いて、南部陽一郎博士は、導波管の中を電磁波が伝播する場合に例えて、「カルーザ－クライン理論の魅力はこれだけではない。」という記述で始まる段落の直前の段落で、「カルーザ－クラインの多次元空間理論」における、「電波の量子」の質量の発生（獲得）についての論を解説しておられるはずである。その質量の発生（獲得）については、南部陽一郎『「素粒子」は粒子か？』の中の、「……それと似たような事情で、実際の世界は、横方向（ここでは、「レーダーの導波管」の中を電磁波が伝播する際の「縦方向の振動数」・「横方向の振動数」の、「横方向」――引用者）に余分の次元を持っていて、この次元が実際の粒子の見掛け上の質量、つまり、我々の世界での質量を与えているんだと、それがKaluza－Kleinの考え方です」（南部陽一郎著、江沢洋編『素粒子論の発展』、一三〇ページ）という記述をも参照されたい。「カルーザ－クラインの多次元空間理論」における余剰次元空間の考えは、南部陽一郎博士が先鞭をつけられた**超弦理論**（superstring theory）の根幹に組み入れられている。南部博士は、素粒子の質量の発生（獲得）のメカニズムの解明によって素粒子論の発展に巨歩を印し、また、**クォーク理論**の進展に——とりわけ、クォーク理論にクォークの色（color）という概念を導入することによって——多大な貢献をされた物理学者である。同博士は、一九六一年、イオナラシニオ（Giovanni Jona-Lasinio）と共に、バリオンの質量の発生（獲得）が**カイラル対称性の自発的破れ**によるものであることを解明された。やがて、クォーク、レプトン、ウィーク・ボソンの質量の発生（獲得）のメカニズムも、**カイラル対称性の自発的破れ**によるものとして、解明されることになったのである。）

〔付記〕真空偏極とその量子力学的効果

量子力学によれば、真空とは、基底状態における、最も低いエネルギー状態のことであり、厳密な意味での空虚のことではない。真空においては荷電粒子の周りで、電子と陽電子が絶えず瞬間的な対発生と対消滅を繰り返している。荷電粒子の周りに対発生する電子・陽電子群には、当該荷電粒子の電荷の正負に対応して仮想粒子の分布に偏極（分極）が生じる。それが真空偏極（真空分極）である。この場合、仮想粒子群の真空偏極によって、当該荷電粒子の質量・電荷が遮蔽される。量子電磁力学における電子の質量・電荷の無限大の発散は、真空偏極に伴う遮蔽効果によるものであることの洞察が、量子電磁力学のくりこみ理論の根幹に据えられている（以上、本書一一二ページ参照）。当該荷電粒子の電荷が色荷（色電荷）の場合には、クォークだけでなくグルーオンも色荷を帯びていることによって、真空偏極は量子電磁力学におけるのとは反対方向に生起し、それに随伴する反遮蔽効果によって量子色力学に特徴的な漸近的自由性が発現して、クォークの閉じ込めが惹起される（以上、本書一三四ページ参照）。

第三章　雪の日の回想

第一節　青春期の荷風の落語家修業

まず、永井荷風が自分の青春時代の彷徨を追懐して執筆した随筆『方々へ弟子入した時代』（明治四二年一〇月一五日「文章世界」）から、次のような記述を引用しておこう。「二十の年といふと、丁度明治三十年頃になる。今の外国語学校の創立された当時で、私は支那《ママ》語科に入学して居た。／私はその以前、美術学校の洋画科へ入つて見たいと思つて居たが、家庭の事情が許さなかつたので止めた。それからまた、高等学校の文科へ入るつもりだつたけれども、是れ亦家庭の事情が許さなかつたので、仕方なく第二部（工科）の試験を受けた。然し私はそれを望まなかつたから、わざといふ程でもなかつたけれど、合格しないやうにした。それから私は二三ヶ月上海に遊びに行つた。そして支那《ママ》の生活が面白く見えて、何となく彼地へ行つてしまひたいやうな気がしたので、帰つて来ると、早速支那《ママ》語を勉強する為に外国語学校に通つたのである。／その頃私は尺八の名人荒木古堂のところへ通つて居た。そして後ではその免許を取つた。私の家からは、静かな庭の樹立を通してよく尺八の音が聞えて居た。／ところが、学校は二年級までやつて、後一年で卒業といふところだつたけれど、体操だとか、法律だとか自分のいやな科を強ひられるやうになつたので、欠席勝ちになつた。それが多数になつた為に、当時の規則として除名された。それから私は学校に入つたことがない。その当時から、私は小説もそろ〳〵書いて居たし、芝居だとか、寄席だとかにもよく行つたものだつた。その結果家庭と衝突して、いつそ講釈師にならうと思つて、三遊亭夢楽や松林伯知などの弟子入りをした。けれどもまだ未熟だつたので、高座で辯ずるまでには行かなかつた。半年ばかりさういふ社会に入つて居たが、いつか止めて、今度は柳浪さんの門人となつた。そして初めて柳浪さんと合作で、「文藝倶楽部」へ小説を出した。それから一二年してからは、歌舞伎座へ入つて、桜痴居士の門人となつた。／考へてみると、当時いろ〳〵境遇を変へたのは、文学士になりたいといふ希望があつたけれども、それを家庭が許さなかつたので、いつも不満と不平を持つて居つて、いろ〳〵に自分から境遇を変へて見たのであつた。けれども要するに、少年の動揺期だからして、是と定まつた目的とかいふものはなかつた」（六・三七九—三八〇）。ここには、荷風散人が青春時代、落語家・六代目朝寝坊むらく（引用文中にいう三遊亭夢楽）や講釈師・松林伯知に入門した時期があったことが語られている。（そのことについては、『若き反抗心』（明治四三年五月一〇日「中学世界」）にも、次のような記述が認められる。「私は其頃、荒木古童と云ふ人の許に尺八の稽古に行つた。後になつて免許さへ貰つた、のみならず、芝居とか寄席とかに余り繁く行つたものだから、終に家庭と衝突する様になつた。それで、いつそ講釈師にならうと思つて三遊亭夢楽や、松林伯知などの弟子入りをしたけれど、未熟だつたので、高座で辯ずる迄には行かなかつた。それで半年許も其う云ふ社会に居たが、いつの間にか思ひ止まつて、今度は広津柳浪氏の門に入つた。／其後一二年、私は又歌舞伎座に入つて福地桜痴居士の門人になつた」（七・四三七）。『若き反抗心』の末尾には（談）と記されている。『若き反抗心』から右に引用した部分は、荷風が『方々へ弟子入した時代』を手元に置いて語ったものの筆録であるはずである）。

　荷風散人と同じく昭和二十七年に文化勲章を受章された朝永振一郎博士が大の落語好きであられたのに因んで、ここではまず荷風の落語家修業について、右の引用文を補足するために、その他の資料をも参考にしながら叙述しておきたい。『書かでもの記』の「二」には、「われその頃〔すなわち、「明治三十一年わが二十歳の秋、簾の月と題せし未定の草稿一篇を携へ、牛込矢来町なる広津柳浪先生の門を叩きし日」に至るまでの頃〕外国語学校支《（ママ）》那語科の第二年生たりしが一ツ橋なる校舎に赴く日とては罕にして毎日飽かず諸処方々の芝居寄席を見歩きたまさか家に在れば小説俳句漢詩狂歌の戯に耽り両親の嘆きも物の数とはせざりけり」（十三・三〇一）という記述が認められる。ここには落語家修業のことも講談師修業のことも直接的には記されていないが、「毎日飽かず諸処方々の寄席を見歩〔いてゐた〕」のは、寄席芸人になって話芸に新機軸を打ち出したいという願望が然らしめたことであったに違いない。けだし、『書かでもの記』の「一」の中には、「過ぎしことなれば身の恥語りついでに語り出せば楽屋通ひ〔すなわち、「桜癡居士の門弟となり歌舞伎座にて拍子木打ちてゐたりし」とき」よりまた〳〵二三年前のことなり。われ講釈と落語に新しき演劇風の朗読を交へ人情咄に一新機軸を出さんとの野心を抱きその頃朝寝坊むらくと名乗りし三遊派の落語家の弟子となりし事もあり」（十三・二九七）と記されている。また、『梅雨晴』（大正一二年一月一日「女性」）には、「わたしは朝寝坊夢楽といふ落語家の弟子となり夢之助と名乗つて前座をつとめ、毎月師匠の持席の変る毎に、引幕を萠黄の大風呂敷に包んで背負つて歩いた。明治三十一二年の頃のことなので、まだ電車はなかつた」（十四・四六三）という記述が、そして、「わたしが昼間は外国語学校で支那《ママ》語を学び、夜はないしよで寄席へ通ふ頃、啞々子は第一高等学校の第一部第二年生で、既に初の一箇年を校内の寄宿舎に送つた後、飯田町三丁目黐の木坂下向側の先考如苞翁の家から毎日のやうに一番町なるわたしの家へ遊びに来た。ある晩、寄席が休みであつたことから考へると、月の晦日であつたに相違ない。わたしは夕飯をすましてから啞々子を訪はうと九段の坂を燈明台の下あたりまで降りて行くと、下から大きなものを背負つて息を切らして上つて来る一人の男がある。電車の通らない頃の九段坂は今よりも嶮しく、暗かつたが、片側の人家の灯で、大きなものを背負つてゐる男の啞々子であることは、顋の突出たのと肩の聳えたのと、眼鏡をかけてゐるのとで、すぐに見定められた」（十四・四六四）という記述が認められる。ちなみに、啞々子とは、井上啞々こと井上精一氏のことであり、高等師範学校附属尋常中学校時代以来の荷風の最も親しい友人であり、第一高等学校へ進学している。（『十六七のころ』（昭和一〇年四月二〇日、偏奇館蔵板『冬の蠅』）では、荷風は、「わたくしは裳川先生が〔三体詩の〕講詩の席で、始めて亡友井上唖々君を知つたのである」（十七・三二九）と記している。荷風は、明治二十九年、「岩渓裳川先生の門に入り、日曜日毎に三体詩の講義を聴〔く〕」（同上）ようになるまでは、唖々氏と面識がなかったものと思われる。）ここに「〔唖々子の〕先考如苞翁」と記されている井上唖々氏の父、井上順之助（井上如苞）氏夫妻は荷風の最初の結婚の仲人を取り持っている。唖々子が背負ってきた「大きなもの」の中身は「其の夜〔如苞翁の書斎から〕唖々子が運出した通鑑綱目五十幾巻」（十四・四六七）であった。荷風の見知りの質屋に持ち込んだが僅かばかりの金しか貸してもらえず、今度は、荷風が「主人は近辺の差配で金も貸してゐるといふ」（十四・四六八）ことを噂に聞いている、「わたし〔＝荷風の〕の家をよく知つてゐる」（同上）煙草屋に駈けつけて、巧みに言いつくろい、必要な金を工面してもらった。荷風は、「事は直に成つた。二人は意気揚々として九段坂を下り車を北廓に飛ばした」（十四・四六九）と記している。先の引用文中の、「夜はないしよで寄席へ通ふ」というのは、落語家・朝寝坊むらくの弟子として、毎夜、寄席に通っていたことを指しているはずである。

『深川の散歩』には、「それより又更に〔すなわち、「二十年前亡友A氏と共に屢このあたりの古寺を訪うた頃」（十七・二九三—二九四）より又更に〕十年のむかし噺家の弟子となつて、このあたりの寄席、常盤亭の高座に上つた時の事」（十七・二九四）という言葉が認められる。したがって、荷風は、少なくとも落語では、前座を勤めるところまで至っていたように思われる。『方々へ弟子入した時代』以外の著述には荷風が講釈師・松林伯知の下で修業したという記述が見いだされないことから推してみると、荷風は、講談では、修業はしたものの、前座を勤めるところまでは至っていなかったはずである。荷風が寄席芸人としての修業を積んだのは、専ら落語家として高座に上ることを目指してのことであったように思われる。あるいは、落語家修業時代の荷風は、落語家としてであれ、講談師としてであれ、ともかく噺家になって高座に上ることを目指していたのかもしれない。なお、荷風は、『偏奇館劇話』の最終回（大正一五年一一月一日「劇と評論」）で――ただし、末尾に（この項続く）と記されている――、落語家修業時代のことを具体的に述べている。そこには、「……私はふとしたことから、人情噺をしたいと思つて、三遊派の落語家〔＝朝寝坊むらく〕の弟子になつたことがありました。私のやりたいと思つたことは、円朝の人情噺のやうなものを、自分で創作して、これを自分で口演したいと思つたのです」（十五・五二四―五二五）という記述が認められる。荷風が「円朝の人情噺のやうなものを、自分で創作して、これを自分で口演したいと思つた」と述べているのは、『書かでもの記』の、「われ講釈と落語に新しき演劇風の朗読を交へ人情咄に一新機軸を出さんとの野心を抱きその頃朝寝坊むらくと名乗りし三遊派の落語家の弟子となりし事もあり」（十三・二九七）という記述と符合する。なお、『偏奇館劇話』の最終回には、「むらくは円朝の弟子で、円朝の話しぶりをまねて、塩原多助だの牡丹燈籠だのを高座で演じてゐました。それで、円朝の話ぶりを窺ふには、この人につくのが一番好いやうに思つたのです」（十五・五二五）と述べられている。（ちなみに、荷風が師事した朝寝坊むらくを襲名した七代目朝寝坊むらくについて、谷崎潤一郎『大阪の藝人』（「改造」昭和一〇年一月号）の中に、次のような記述が認められる。「……が、それにも増して思ひがけない邂逅であつたのは、昔の朝寝坊むらくが今は圓馬（三遊亭圓馬――引用者）と名を改めて此處（「法善寺境内の「花月」」――引用者）のしん打ちになつてゐることであつた。私は、彼が高座に現はれたのを見た瞬間、「ぎよつとした」と云つてもよい程に驚きもすれば、なつかしくもあつた。「明治時代の東京」がむらくと云ふ人間に化けて突然出て来たやうに感じた。それと云ふのも、最初に一と目見た時は、圓馬のむらくはそんなにひどく衰へてはゐなかつたからである。云々」（『谷崎潤一郎全集』（中央公論社）第二十一巻（一九六八年）二六七ページ）。『書かでもの記』に、「当今都下の席亭にむらくと看板かゝぐるものはその頃の（＝荷風が弟子入りした頃の）人とは同じからずといふ」（十三・二九七）と記されている朝寝坊むらくのことである。）

落語で前座を勤めるまでに至ったものの、荷風の落語家修業は父親の知るところとなって、荷風は、落語家修業を断念せざるを得ない羽目に至ってしまう。（その間の事情に関しては、岩波現代文庫版、秋庭太郎『考証　永井荷風』（上）（岩波書店、二〇一〇年）、八七ページを見られたい。）若き荷風にしてみれば、非常に残念であったに違いない。だからこそ、荷風は、親に内緒で落語家修業に励んでいた頃のことが後に無性に懐かしくなって、名品『雪の日』を執筆することになるのである。

第二節　『雪の日』について

『雪の日』（昭和二一年九月五日、筑摩書房『来訪者』）を考察するに先立って、『断腸亭日乗』の昭和七年四月十一日の日記を見ておこう。そこには次のように記されている。「深川高橋のあたりは亡友〔啞々子〕の事のみならず、吾身に取りても亦忘れがたきところなり。二十一二歳のころ、落語家朝寐坊夢楽の弟子となり夢三郎といひて、われは常磐町なる寄席常磐亭（正しくは、常盤町なる常盤亭（十七・二九四、参照――引用者））に通ひし事あり。下座の三味線ひく女と毎夜連立ちて六間堀の通を歩み、両国橋をわたり、和泉橋辺にて女は下谷佐竹ヶ原の家に帰り、われはそれより一人になりて夜道をはる〲一番町の家に帰りしなり。或夜雪の降り出でし帰道、あまりの寒さに御船蔵前の蕎麦屋に入り二人にて酒一本飲みしが、酔ひて心の乱るゝまゝ路傍の小屋に女を引入れ戯れし事あり。女は年の頃十七八にて橘家橘之助といひし浮れ節寄席藝人の弟子なりき。われはそれより二三月にして寄席通を止めたれば其女の事も其後はいかゞなりしや知るつても無かりき」。ここに見られるように、『雪の日』の「……道端に竹と材木が林の如く立つてゐるのに心付き、その陰に立寄ると、こゝは雪も吹込まず風も来ず、雪あかりに照された道路も遮られて見えない別天地である。いつも継母に叱られると言つて、帰りをいそぐ娘もほつと息をついて、雪にぬらされた髪を撫でたり、袂をしぼつたりしてゐる。わたくしはいよ〱前後の思慮もなく、唯酔の廻つて来るのを知るばかりである。二人の間に忽ち人情本の場面が其のまゝ演じ出されるに至つたのも、怪しむには当らない」（十八・三四一）という記述は、全くの虚構ではないはずである。（ただし、野口冨士夫氏は、「私には、どうも〔『雪の日』に描かれている、深川常盤亭の三味線弾きの〕下座の女との濡れ場は荷風の創作のように思われてならないのである」（講談社文芸文庫版、野口冨士男『わが荷風』（講談社、二〇〇二年）、六二ページ）と述べておられる。）

『雪の日』の中ほどのところに、「七十になる日もだん〳〵近くなつて来た」（十八・三三八）という記述が認められる。『雪の日』は、「その年正月の下半月、師匠〔朝寝坊むらく〕の取席になつた」（十八・三三九）「深川高橋の近くにあつた、常磐町の常磐亭」（同上）から、「毎夜下座の三味線をひく一六七の娘――名は忘れてしまつたが、立花家橘之助の弟子で、家は佐竹ツ原だといふ――いつも此の娘と連立つて安宅蔵の通を一ツ目に出で、両国橋をわたり、和泉橋際で別れ〔る〕」（十八・三四〇）ところまで同道していた或る夜、激しい吹雪に遭って路傍の蕎麦屋に退避し、「わたくし」なる荷風が「ふだん飲まない癇酒を寒さしのぎに、一人で一合あまり飲んでしまつたので、歩くと共におそろしく酔が廻つて来〔た〕」（以下、十八・三四一）ことも手伝って、「道端に竹と材木が林の如く立つてゐる」その「竹と材木」の「陰」――「雪も吹込まず風も来ず、雪あかりに照された道路も遮られて見えない別天地」――で、「二人の間に忽ち人情本の場面が其のまゝ演じ出されるに至つた」ことの叙述をクライマックス場面とする、「七十になる日もだん〳〵近くなつて来た」ことが自ずと意識されるようになった或る日、恐らく今にも降り始めようとしている「雪」に託して、若き日を追懐した随筆である。

『雪の日』の最初の節の第二段落以下で、荷風は、次のように記している。「わたくしは雪が降り初めると、今だに明治時代、電車も自動車もなかつた頃の東京の町を思起すのである。東京の町に降る雪には、日本の中でも他処に見られぬ固有のものがあつた。されば言ふまでもなく、巴里や倫敦の町に降る雪とは全くちがつた趣があつた。巴里の町にふる雪はプッチニイがボエームの曲を思出させる。哥沢節に誰もが知つてゐる羽織かくしてといふ曲がある。／羽織かくして、袖ひきとめて、どうでもけふは行かんすかと、言ひつゝ立つて櫺子窓、障子ほそめに引きあけて、あれ見やしやんせ、この雪に。／わたくしはこの忘れられた前の世の小唄を、雪のふる日には、必ず思出して低唱したいやうな心持になるのである。この歌詞には一語の無駄もない。その場の切迫した光景と、その時の綿々とした情緒とが、洗練された言語の巧妙なる用法によつて、絵よりも鮮明に活写されてゐる。どうでも今日は行かんすかの一句と、歌麿が青楼年中行事の一画面とを対照するものは、容易にわたくしの解説に左袒するであらう」（十八・三三四―三三五）。荷風は、「東京の町に降る雪」に哥沢節の情趣を感得しているのである。そして、荷風は、「東京の町に降る雪」に為永春水の小説における雪の日の叙述を思い起こしながら、次のように記している。「わたくしはまた更に為永春水の小説「辰巳園」に、丹次郎が久しく別れてゐた其情婦仇吉を深川のかくれ家にたづね、旧歓をかたり合ふ中、日はくれて雪がふり出し、帰らうにも帰られなくなるといふ、情緒纏綿とした、その一章を思出す。同じ作者の「湊の花」には、思ふ人に捨てられた女が堀割に沿うた貧家の一間に世をしのび、雪のふる日にも炭がなく、唯涙にくれてゐる時、見知り顔の船頭が猪牙舟を漕いで通るのを、窓の障子の破れ目から見て、それを呼留め、炭を貰ふと云ふやうなところがあつた。過ぎし世の町に降る雪には必ず三味線の音色が伝へるやうな哀愁と哀憐とが感じられた」（十八・三三五）。

続けて、荷風は、無二の親友だった井上啞々氏と、向島へ散策に出かけた日の、雪が降り始めた夕べ、もう店を仕舞いかけていた掛茶屋の座敷に上らせてもらって、酒を飲みながら戯れに句作したことがあったことを、記している。荷風の記述を引用しよう。「小説「すみだ川」を書いてゐた時分だから、明治四十一二年の頃であつたらう。井上啞々さんといふ竹馬の友と二人、梅にはまだすこし早いが、と言ひながら向島を歩み、百花園に一休みした後、言問まで戻つて来ると、川づら一帯早くも夕靄の中から、対岸の灯がちらつき、まだ暮れきらぬ空から音もせずに雪がふつて来た。／今日もとう〳〵雪になつたか。と思ふと、わけもなく二番目狂言に出て来る人物になつたやうな心持になる。浄瑠璃を聞くやうな軟い情味が胸一ぱいに湧いて来て、二人とも言合したやうに其儘立留つて、見る〳〵暗くなつて行く川の流を眺めた。突然耳元ちかく女の声がしたので、その方を見ると、長命寺の門前にある掛茶屋のおかみさんが軒下の床几に置いた煙草盆などを片づけてゐるのである。土間があつて、家の内の座敷にはもうランプがついてゐる」（十八・三三五）。そして、荷風は、その掛茶屋のおかみさん――「三十ぢかい小づくりの垢抜のした女」（十八・三三六）――の心温まる応対ぶりを述べ、それに続けて、次のように記している。

「深切で、いや味がなく、機転のきいてゐる、かういふ接待ぶりも其頃にはさして珍らしいと云ふほどの事でもなかつたのであるが、今日これを回想して見ると、市街の光景と共に、かゝる人情、かゝる風俗も再び見難く、再び遇ひがたきものである。物一たび去れば遂にかへつては来ない。短夜の夢ばかりではない」(同上)。この記述のうちに、我々は、荷風が世態人情の転変――『日和下駄』の言葉でいえば、「風俗人情流行の推移」(十一・一五九)――の止め難きことを明確に観取していることを読み取るとともに、亡友「井上唖々さん」を偲びながら人生の無常を観じ、それを表出しようとしていることをも、読み取らなければならない。

その雪の夕べ、「長命寺の門前にある掛茶屋」の座敷で二人が句作した四つの俳句は、右に引用した記述に続く段落の中に書き留められているが、あるいはそれらは荷風が創作し直したものであるかもしれない。というのも、その段落に続く段落では、次のように記されているからである。「その頃、何や彼や書きつけて置いた手帳は、その後いろ〳〵な反古と共に、一たばねにして大川へ流してしまつたので、今になつては雪が降つても、その時のことは、唯人情のゆるやかであつた時代と共に、早く世を去つた友達の面影がぼんやり記憶に浮んで来るばかりである」(十八・三三六)。(ちなみに、長命寺は、荷風とのゆかりで言えば、彼が若くから愛読してきた『柳橋新誌』(全二巻。明治七年)の著者、成嶋柳北の碑が建っている名刹である。)

ちなみに、荷風は随筆『十日の菊』(大正一三年九月一五日、春陽堂『麻布襍記』)の「二」に、「わたしはいかなる断篇たりとも其の稿を脱すれば、必亡友井上唖々子を招き、拙稿を朗読して子の批評を聴くことにしてゐた。これはわたしがまだ文壇に出ない時分からの習慣である」（十四・四七五）と記している。荷風にとっては桐友散士『暗面奇観夜の女界』（明治三五年九月五日、大学館）の合作者でもある井上唖々氏については、荷風の談話『井上唖々君のこと』（大正一二年九月一日「枯野」。十四・四六〇―四六二）があり、昭和五年七月十一日の日記に「唖々略伝」が記載されており、また荷風文学関係のいろいろの書物でも紹介されているので、ここでは荷風が『深川の散歩』に、「わたくしは夜烏子が湯灌場大久保の裏長屋に潜みかくれて、交りを文壇にもまた世間にも求めず、超然として独りその好む所の俳諧の道に遊んでゐたのを見て、江戸固有の俳人気質を伝承した真の俳人として心から尊敬してゐたのである」（十七・二九六）と記していることだけを紹介しておく。（なお、「桐友散士」は、井上唖々氏のペンネームであり、「深川夜烏」は、同氏の俳号である。）『深川の散歩』は、荷風が唖々氏の人となりを詳述しているという点においても、注目すべき随筆である。『雪の日』で、雪の降りだした夕べに「長命寺の門前にある掛茶屋」の座敷で井上唖々氏と一緒に句作したことが回想されているのも、荷風が唖々氏を「江戸固有の俳人気質を伝承した真の俳人として心から尊敬してゐた」ことによるのである。『断腸亭日乗』の大正十二年七月十一日の日記には、「午後速達郵便にて井上唖ゝ子逝去の報来る。夕餉を食して後東大久保の家に赴く。（略）弔辞を述べ焼香して帰る」と記されている。井上唖々氏は、まだ四十五歳の若さで他界してしまったのである。

　また、『雪の日』には、大久保余丁町の家の庭に山鳩が来た日のことを追憶する、次のような記述もなされている。「雪もよひの寒い日になると、今でも大久保の家の庭に、一羽黒い山鳩の来たのを思出すのである。／父は既に世を去つて、母とわたくしと二人ぎり広い家にゐた頃である。母は霜柱の昼過までも解けない寂しい冬の庭に、折々山鳩がたつた一羽どこからともなく飛んで来るのを見ると、あの鳩が来たからまた雪が降るでせうと言はれた。／果して雪がふつたか、どうであつたか、もう能くは覚えてゐないが、その後も冬になると折々山鳩の庭に来ることだけは、どういふわけか、永くわたくしの記憶に刻みつけられてゐる。雪もよひの冬の日、暮方ちかくなる時、つかれて沈みきつた寂しい心持、その日〳〵に忘られて行くわけもない物思はしい心持が、年を経て、またわけもなく追憶の悲しさを呼ぶがためかも知れない。／その後三四年にしてわたくしは牛込〔＝牛込区大久保余丁町〕の家を売り、そこ此処と市中の借家に移り住んだ後、麻布に来て三十年に近い月日をすごした。無論母をはじめとして、わたくしには親しかつた人達の、今は一人としてこの世に生残つてゐよう筈はない。世の中は知らない人達の解しがたい議論、聞馴れない言葉、聞馴れない物音ばかりになつた。然しそのむかし牛込の庭に山鳩のさまよつて来た時のやうな、寒い雪もよひの空は、今になつても、毎年冬になれば折々わたくしが寝てゐる部屋の硝子窓を灰色にくもらせる事がある。／すると、忽ちあの鳩はどうしたらう。あの鳩はむかしと同じやうに、今頃はあの古庭の苔の上を歩いてゐるかも知れない……と月日の隔てを忘れて、その日のことがあり〳〵と思返されてくる。鳩が来たから雪がふりませうと言はれた母の声までが、どこからともなく、かすかに聞えてくるやうな気がしてくる」（十八・三三七）。

その山鳩のことは、『断腸亭日乗』では、大正七年一月七日の日記に記されている。当日の日記の記述から引用しておく。「正月七日。山鳩飛来りて庭を歩む。毎年厳冬の頃に至るや山鳩必只一羽わが家の庭に来るなり。いつの頃より来り始めしにや。仏蘭西より帰来りし年の冬われは始めてわが母上の、今日はかの山鳩一羽庭に来りたればやがて雪になるべしかの山鳩来る日には毎年必雪降り出すなりと語らるゝを聞きしことあり。されば十年に近き月日を経たり」。荷風はこの日記を記した日から三十年近くも後に執筆した『雪の日』でも、「雪もよひの寒い日になると、今でも大久保の家の庭に、一羽黒い山鳩の来たのを思出すのである」と書き綴っているのである。右に引用した大正七年一月七日の日記の後半部には、次のように記されている。「此の鳩そも〳〵いづこより飛来れるや。果して十年前の鳩なるや。或は其形のみ同じくして異れるものなるや知るよしもなし。されどわれは此の鳥の来るを見れば、殊更にさびしき今の身の上、訳もなく唯なつかしき心地して、或時は障子細目に引あけ飽かず打眺ることもあり。或時は暮方の寒き庭に下り立ちて米粒麵麭の屑など投げ与ふることあれど決して人に馴れず、わが姿を見るや忽羽音鋭く飛去るなり。世の常の鳩には似ず其性偏屈にて群に離れ孤立することを好むものと覚し。何ぞ我が生涯に似たるの甚しきや」。

『雪の日』の、「雪もよひの寒い日になると」という書き出しをもって始まっている節の末尾の段落の、「回想は現実の身を夢の世界につれて行き、渡ることのできない彼岸を望む時の絶望と悔恨との淵に人の身を投込む……。回想は歓喜と愁歎との両面を持つてゐる謎の女神であらう」

（十八・三三八）という記述において、「回想」という言葉は、「雪もよひの寒い日になると、今でも大久保の家の庭に、一羽黒い山鳩の来たのを思出すのである」という記述の中の、今では完全に人手に渡ってしまっている「大久保〔余丁町〕の家」の《回想》を表すとともに、もう聞くことができなくなってしまった、「鳩が来たから雪が降りませうと言はれた母の声」の《回想》をも表しているはずである。右の節に続く、「七十になる日もだん〳〵近くなつて来た」という書き出しをもって始まっている節は、前後の節とは直接的なつながりを有していないように、私には思われる。その節の末尾の段落の、「あゝ、わたくしは死んでから後までも、生きてゐた時のやうに、逢へば別れる……わかれのさびしさに泣かねばならぬ人なのであらう」（十八・三三八）という記述の中の、「逢へば別れる……わかれのさびしさ」とは、今までに「逢へば別れる」ことを重ねてきた数多くの女性たちとの「わかれのさびしさ」――「玄人」の、あるいは元「玄人」の女性たちとの「わかれのさびしさ」に荷風が泣いたことがあったかどうかは、私には分からない――というよりも、むしろ母親の思い出や青春時代の回想に重なる「わかれのさびしさ」を表している、と解すべきであるように思われる。

『雪の日』の最後の節は、江戸情緒を偲ばせる次のような記述をもって書き始められている。「薬研堀がまだ其のまゝ昔の江戸絵図にかいてあるやうに、両国橋の川しも、旧米沢町の河岸まで通じてゐた時分である。東京名物の一銭蒸汽の桟橋につらなつて、浦安通ひの大きな外輪の汽船が、時には二艘も三艘も、別の桟橋につながれてゐた時分の事である」（十八・三三八―三三九）。

それに続けて、落語家修業時代のことが、次のように記されている。「わたくしは朝寝坊むらくといふ噺家の弟子になつて一年あまり、毎夜市中諸処の寄席に通つてゐた事があつた。その年正月の下半月、師匠の取席になつたのは、深川高橋の近くにあつた、常磐町の常磐亭であつた。／毎日午後に、下谷御徒町にゐた師匠むらくの家に行き、何やかやと、その家の用事を手つだひ、おそくとも四時過には寄席の楽屋に行つてゐなければならない。その刻限になると、前座の坊主が楽屋に来るが否や、どこどん／＼と楽屋の太鼓を叩きはじめる。表口では下足番の男がその前から通りがかりの人を見て、入らつしやい、入らつしやいと、腹の中から押出すやうな太い声を出して呼びかけてゐる。わたくしは、帳場から火種を貰つて来て、楽屋と高座の火鉢に炭火をおこして、出勤する藝人の一人々々楽屋入するのを待つのであつた」（十八・三三九）。そして、「忘れもしない、その夜の大雪は、既にその日の夕方、両国の桟橋で一銭蒸汽を待つてゐた時、ぷいと横面を吹く川風に、灰のやうな細い霰がまじつてゐたくらゐで、順番に楽屋入をする藝人達の帽子や外套には、宵の口から白いものがついてゐた。九時半に打出し、車でかへる師匠を見送り、表通へ出た時には、あたりはもう真白で、人ッ子ひとり通りはしない」（同上）という記述から成っている段落以下が、『雪の日』のクライマックス場面の叙述に充てられている。「わたくし」なる荷風は、その夜も、「下座の三味線をひく十六七の娘」と連れ立って、「安宅蔵の通を一ッ目に出て、両国橋をわたり、和泉橋際で別れ〔る〕」まで歩いたのであるが、その途次で「二人の間に忽ち人情本の場面が其のまゝ演じ出されるに至つたのも、怪しむには当らない」と記述されている（十八・三四〇―三四一）。ただし、その「人情本の場面」についての具体的叙述はなされていない。

しかし、「わたくし」なる荷風と、三味線を弾くその少女との「人情本の場面」は、恋愛には発展しなかった。そして、間もなく、二人は仕事場を異にすることになった。荷風は、その少女との「わかれのさびしさ」については何も書き綴っていないけれども、まだあどけなさが残っていた健気な少女との《別れ》に、今になって独りしみじみと「わかれのさびしさ」を感じていることを、次のような記述よって表現しようとしているのである。「正月は早くも去つて、初午の二月になり、師匠むらくの持席は、常磐亭から小石川指ヶ谷町の寄席にかはつた。そしてかの娘はその月から下座をやめて高座へ出るやうになつて、小石川の席へは来なくなつた。帰りの夜道をつれ立つて歩くやうな機会は再び二人の身には廻つては来なかつた。／娘の本名はもとより知らず、家も佐竹とばかりで番地もわからない。雪の夜の名残は消え易い雪のきえると共に、痕もなく消去つてしまつたのである。／巷に雨のふるやうに　わが心にも雨のふる／といふ名高いヴヱルレーヌの詩に傚つて、若しもわたくしが其国の言葉の操り方を知つてゐたなら、／巷に雪のつもるやう　憂ひはつもるわが胸に　巷に雪の消ゆるやう　思出は消ゆ痕もなく……………／とでも吟じたことであらう」（十八・三四一―三四二）。そして、荷風は、「雪の夜の名残」が「消え易い雪のきえると共に、痕もなく消去つてしまつた」、そんな放埓な生き方を若き日からし続けてきた自分ことを、「巷に雪の消ゆるやう　思出は消ゆ痕もなく」という詩作（Dichtung）をもって儚んでいるのでもある。

〔付記〕本節は、『永井荷風の批判的審美主義』第九章第二節「『雪の日』について」を抄録したものである。併せて、同書を参照されたい。

結び　荷風『冷笑』における諦めの哲学——比較哲学的考察の地平を求めて

＊本稿は、前著『カントに学ぶ自我の哲学』の第3部「カント哲学と荷風文学とのはざまで」の末尾に収録した、旧著『諦めの哲学』第一章「永井荷風『冷笑』における「諦め」」の論旨を敷衍する形で執筆した論考である。同論考を本書に収録するに際して、『冷笑』からの引用文に若干の割愛を施した場合がある。なお、本稿においては、荷風『冷笑』から引用するに際して、テキストの字体を「常用漢字表」（二〇一〇年改定）の字体、「印刷標準字体」に改めて引用した場合がある。

カント哲学を繙く傍ら、これといった特別の動機もなく永井荷風の文学作品に親しむようになった私は、カント哲学の繙読と荷風文学の繙読とは全く無関係な作業と思い込んでいたが、荷風文学に認められる文明批判的・社会批判的態勢《ポジション》とカント哲学における批判哲学的態勢《ポジション》とに、自我論的意味での潜在的親和性（potential affinity）を認めることできるのではないかということには、早くから気づいていた。そして、『諦めの哲学』の執筆に取り組んで、**諦めの哲学**という観点から『冷笑』の繙読を進めているうちに、カント哲学と荷風文学とに認められる自我論的意味での潜在的親和性を超えて、カントの**自我の哲学**と荷風の**諦めの哲学**との対照性／対極性に気づいて、それらの対照性にも関心を持つようになった。その対照性を把握するために、以下において、『冷笑』に即して荷風における「諦め」の構造について考察したいと思う。

アメリカ、フランスへの長期間にわたる遊学を終えて帰国した若き荷風は、ほぼ同時期に、『新帰朝者日記』(原題:『帰朝者の日記』)と『冷笑』の、二編の文明批判小説を執筆している。前者については、私は旧著『若き荷風の文学と思想』の「「新帰朝者」荷風」の章で、後者については、私は旧著『諦めの哲学』の「永井荷風『冷笑』における「諦め」」の章で、考察したことがある。今回、『若き荷風の文学と思想』を読み返して気づいたことであるが、『帰朝者の日記』と『冷笑』とでは、荷風の文明批判の論調が大きく異なっている。『冷笑』は、故国の文明を辛辣に批判する「新帰朝者」の日記体小説であり、『冷笑』は、銀行頭取・小山清と、荷風自身である「新帰朝者」の新進小説家・吉野《よしの》紅雨《こうう》が、瀧亭鯉丈の『花暦八笑人』にあやかって、「八笑人」の閑談会を発意・企画し開催するという趣向の、朝日新聞に連載された小説である。『帰朝者の日記』においても、『冷笑』においても、荷風の文明批判は、基本的には、近代化(西洋文明の移入)に性急な当代の日本の文明に向けられている。ただし、『帰朝者の日記』に比べれば、『冷笑』においては、荷風の批判の論調は著しく和らげられている。そして、『冷笑』においては、荷風は、当代の日本の性急な近代化に対して批判を向ける一方で、文明批判の論脈に江戸文化についての彼自身の追懐・讃美を織り込んでいる。そこにおいては、『帰朝者の日記』における、当代の日本の文明に対する批判的態勢《ポジション》は、「冷笑」・「諦め」に転換している。あるいは、それら二編の文明批判小説を執筆した明治四十二年から四十三年にかけての時期に、荷風の思索のうちに、当代の日本の文明に対する彼の批判的態勢《ポジション》に転換をもたらすような機が熟していたのかも知れない。

『冷笑』に登場する「笑人」は、実際には八人ではなくて、「八笑人」の閑談会の発起人である小山清、吉野紅雨の両人と、狂言作者・中谷《なかたに》丁蔵、商船パーサーの世界周航者・徳井勝之助、南宋画家・桑山青華の五人であった。「八笑人」の閑談会を発意・企画した清と紅雨は、それぞれの知友を推薦して、それぞれ異なった経歴と個性を有する五人のメンバーを揃えるのである。最初に閑談会のメンバーに選ばれたのは、中谷丁蔵である。中谷の推薦者・紅雨は、清宛ての書状で、中谷を次のように紹介している。

○「一言にして云へば彼はビステキを喰ひ麦酒を吞み電車に乗る位の事より外には全く現代とは関係無之人に御座候。嘗て小生と同年にて尋常中学校を卒業したる後は、いづこの専門学校にも入学いたしたる事なく、専ら風流情痴の道を研究し、唯今は世に云ふ藝が身を助ける境遇にて□□座々付の狂言作者を以て生活いたし居り候。幼少の頃より音曲を好み清元と歌沢は立派な名取にて俳諧も談林風のものを能くいたし候。つまり性格も嗜好も其の理想も悉く江戸の洒落本に現れたる色男に有之、小生も已に自作小説の中に此の人の一面を写したる事二三度にも及び候へば、貴兄もそれとなく思ひ当たらるゝ処有之べしと存じ候。／（略）小生は彼を以て旧日本に生きたる形見として、現代の新思潮に侵されざる勇者として一方ならず尊敬いたし居り候。折々に小生は彼が一杯機嫌の気焔を拝聴して得る処少からず、先達も彼は江戸の藝術を讃美して江戸の音楽家は例へば常磐津の乗合船、清元の神田祭、北州の如く、あらゆる其の時代の風俗、日常の生活を藝術の中に永久化したる手腕ありしかど、明治の先生達は進歩々々と大言壮語するのみにて、未だ一曲として明治の生活を音楽とし舞踏として作出したる事なきは誠に不思議のいたりと申し居り候。云々」（『荷風全集』第七巻、二一―二二ページ）。

　尋常中学校卒業後は「専ら風流情痴の道を研究し、唯今は世に云ふ藝が身を助ける境遇」にある中谷丁蔵は、故国の文明に安住できないでいる「新帰朝者」吉野紅雨とは対照的に、江戸趣味に耽溺して生きる、およそ思想的煩悶、文化的煩悶とは無関係の人物である。清宛ての紅雨の書状には中谷の「江戸の藝術」（江戸の音曲）への造詣の深さが述べられていることにも注目しよう。随筆「『冷笑』につきて」で荷風自身が述べているように、『冷笑』の「十二　夜の三味線」は、情趣豊かな、珠玉の逸品である。そこには、「夜の三味線」に託して、荷風の「諦め」の思想が、東西の道義観の比較・東西の音楽の比較を織り込みながら語られている。

『深川の唄』の作者として『冷笑』に登場する吉野紅雨は荷風自身に他ならないが、狂言作者・中谷丁蔵もまた、荷風の分身である。『冷笑』に狂言作者・中谷を登場させることによって、荷風は、『帰朝者の日記』におけるのとは論調を異にする、江戸文化の讃美・追憶を基調とする、彼の社会批判・文明批判の態勢《ポジション》を整えている。そして、そこにおいて、荷風の**諦めの哲学**が本格的に成立するのである。

既に『あめりか物語』『ふらんす物語』において、故国の社会・文明に対する荷風の批判的見解は表明されているが、それが最も明確に表明されているのは、『帰朝者の日記』においてである。しかし、日本に帰国した若き荷風の心に、故国の精神的、文化的風土との融和を求めようとする願望が働かなかったとは考え難い。『冷笑』には、荷風自身である吉野紅雨は、「半分病気になつて帰つて来た」（『荷風全集』第七巻、五三ページ）「近代主義と云ふ熱病」（『荷風全集』第七巻、四二ページ）に浮かされている人物として登場する。そして、その紅雨に「江戸の藝術」を鼓吹する人物として、狂言作者・中谷丁蔵が登場する。故国の精神的、文化的風土に安住できないでいる紅雨とは対照的に、専ら江戸趣味に耽溺して生きる「現代の新思潮に侵されざる勇者」中谷は、およそ思想的煩悶、文化的煩悶とは無縁の人物である。中谷を登場させることによって、「新帰朝者」荷風の、故国の社会・文明に対する批判的態勢《ポジション》は「諦め」に転換し、彼の**諦めの哲学**に昇華するのである。その点について、『冷笑』の「十二　夜の三味線」における、荷風の記述に即して述べてみたいと思う。

『冷笑』の「十二　夜の三味線」には、以下のような記述が認められる。吉野紅雨に託して、荷風の**諦めの哲学**の神髄が語られている記述である。紅雨が「半玉が藝者家で稽古してゐる江戸遊里の情を写した清元の一曲」（『荷風全集』第七巻、一三一ページ）に聴き入りながらの感想であることに留意して、お読みいただきたい。芸者家から聞こえてくる「江戸遊里の情を写した清元の一曲」の三味線の音色は、「江戸の音楽家」たちが、「苦界《くがい》」に生きる、色里の遊女たちの悲哀を音曲に表現した、哀しい音色である。

○「……良家の娘はもう母の懐に抱かれて安楽に寐てゐる時分、起きて坐つて寒い夜更にあゝして歌ふ小娘の不揃ひの声の底には、藝術の練習苦心の情の伺はれるのではなくて、唯姐さんと云ふ尊重者の叱責を恐れる服従と忍耐の果敢ない諦めと、其から生ずる悲痛が思ひ知られると共に、斯うした江戸遊里の恋の破滅を歌つた音楽は立派な公会場で堂々たる主張の意気込を以て立派に上手に歌つてしまふものよりも、人目を憚る薄暗い裏通の物蔭に潜んで何等の深い思想の煩悶も反抗をも抱き得ぬ女々しい心持で、出来る事なら矢張伊左衛門とか忠兵衛とか云ふ境遇に身を落として、そして全く藝術的批判の意識を離れて、あゝした未熟の稽古歌を聴くに於て、初めて其の真味を解し得るものだ……と紅雨は感じた」(「荷風全集」第七巻、一二八ページ)。

○「淋しい東洋の教義は人間の熱情の上にいつも義務と云ふ大きな重量を置いた。熱情は義務を遂行する目的の為のみに運用されべきもので、決して感情其自身のために発動されてはならぬものとしたらしい。愛国報恩復讎等の名目の下には吾々の祖先は殆ど超自然の熱情を発揮させたけれど、恋愛と称して其の素質に於ては同一と見るべき感情の流露に対しては無理無体の沈圧を試みるのみであつた。燃上るべき焔に道義の水を濺いで打消さうとした苦悶の底に、東洋的特種の声なき悲哀が示されるのも無理ではない。而して其の最も完全なる例證は遊里の恋の果敢なさを歌つた徳川時代の音楽であると紅雨は思つた。／何故なれば、此の時代の遊女の境遇が已に忠孝の道に其霊と其肉を捧げた犠牲の結果であつて、自然の人情として忍び得べからざる凡ての行為を制度法則の前に忍び従はせて、万客の卑しき歓楽に無限の悲哀を宿す三界火宅の一身を逆らふ事なく弄ばしめる。たま〳〵此苦界の憂き勤めの慰藉として、恋愛の夢を見る事はあつても其は決して、今日の吾等が遠い西洋思想から学んで見たやうな、希望の光明ではなくて、寧ろ現世の執着から離脱すべき死の一階段である。云々」（「荷風全集」第七巻、一三二―一三三ページ）。

夜の花街《かがい》の横丁で、紅雨は、芸者家で半玉たちが、姐さんたちに厳しく指導されて稽古に励む、三味線の哀しい音色に聴き入っている。荷風の記述によれば、紅雨が聴き入っている三味線の音曲は、「江戸の音楽家」たちが、日本の旧い社会制度、人倫観・道義観に縛られて「苦界」に身を置く遊女たちの、自分の不遇な身の上を運命の定めと観念して諦める、悲哀を表現した音曲である。**自我の哲学**の基幹をなす個我の尊重・人格の尊厳という概念とは無縁の、「苦界」に身を置く遊女たちの悲哀を奏でる、日本固有の音楽である。個我の尊重・人格の尊厳の概念が通用しない、旧い日本の社会情況をクローズアップさせて、荷風は紅雨に、「諦め」を語らせている。江戸の音曲師たちが「苦界」に身を置く女性たちの悲哀を昇華させて三味線の音曲を創作したように、西洋の文化風土と日本の文化風土との懸隔に懊悩する「新帰朝者」紅雨は、「十二　夜の三味線」においては、「江戸の藝術」の神髄を感得・洞察することによって、その懊悩を昇華させて、既に諦めの境位に到達している。

上引の「十二　夜の三味線」の記述において、荷風は、人生の苦悩を運命の定めとして忍受せざるを得ない悲哀が日本人の諦めの基底に存することを指摘している。長い年月にわたってカントの自我概念・人格性概念の研究に携わり、西洋の人格概念・倫理思想に馴染んできた私は、荷風の記述を読んで、改めて日本の旧来の精神的風土の、西洋の精神的風土との差異を認識するに至った。『冷笑』には、若き荷風の哲学が盛り込まれている。『冷笑』を読んで、私は、若き荷風が哲学的な思考に長けた、東西の哲学思想に深い造詣を有する文学者であったことを、改めて認識した。殊に「十二　夜の三味線」における、「苦界」に身を置く遊女たちの、自分の悲しい身の上を運命の定めと観念して、忍受せざるを得ない悲哀が、江戸音曲の基底に存するという、荷風の指摘に、私は深い感銘を受けた。

カントの**自我の哲学**と対比させて言えば、『冷笑』に叙述されている荷風の**諦めの哲学**は、むしろ**自己放棄の哲学**である。我々が自分の力では対処できない情況・事態については、すべてを成り行きに任せるしかないとする**自己放棄の哲学**である。その限りにおいて、**自我の哲学**と**諦めの哲学**とは対極的関係にあり、カントの**自我の哲学**と荷風の**諦めの哲学**とは、対極的関係にある。しかし、両者が対極的関係にあればこそ、その対極性を見極めることが必要であるはずである。古希を迎えた年に、私は自分の思惟思考（thought）の刷新を図ることを思い立って、荷風『冷笑』を始めとする書物を繙読して、『諦めの哲学』をまとめた。そのことは、その後の私のカント研究に有益であったし、また、日本人カント研究者としての私にとって必要なことであった。

荷風は、『冷笑』に江戸芸術に通暁した狂言作者・中谷丁蔵を登場させることによって、故国の精神的、文化的風土に安住できないでいる「新帰朝者」吉野紅雨を救済して諦めの境位に到達させた。我々が文化的風土を異にする西洋の哲学・倫理学を学ぶ際にも、自国の精神的、文化的風土との融和を図ることが、要請されるはずである。

付記

自著についての修訂

○『カント研究――批判哲学の倫理学的構図』二二四ページ二〇行目の〈*Immanuel kant*〉を〈以上、*Immanuel Kant*〉に改め、同書同上ページ二一行目の〈Macmurray〉を〈MacMurray〉に改める。併せて、『カントとともに――カント研究の総仕上げ』一〇四ページ一七行目の〈Macmurray〉を〈MacMurray〉に改める。

○『カントに学ぶ自我の哲学』一〇〇ページ七行目の〈and … signifies〉を〈and '(B418)' signifies〉に改め、同書一三〇ページ一二行目の〈[…]〉を〈[(A346f./B404f.)]〉に改める。

著者紹介

鈴木文孝（すずき・ふみたか） 1940年，静岡県に生まれる。1963年，東京教育大学文学部卒業。1965年，東京大学大学院人文科学研究科修士課程修了。1970年，東京大学大学院人文科学研究科博士課程を学科課程修了にて満期退学。その間，昭和43年度，昭和44年度日本学術振興会奨励研究員。2004年，愛知教育大学教授教育学部を定年により退職。現在，愛知教育大学名誉教授，文学博士（筑波大学）。

著　書

『カント研究――批判哲学の倫理学的構図』（以文社，1985年）
『カント批判――場の倫理学への道』（以文社，1987年）
『倫理の探究』（以文社，1988年）
『共同態の倫理学――カント哲学及び日本思想の研究』（以文社，1989年）
『近世武士道論』（以文社，1991年）
『若き荷風の文学と思想』（以文社，1995年）
『カントとともに――カント研究の総仕上げ』（以文社，2009年）
『永井荷風の批判的審美主義――特に艶情小説を巡って』（以文社，2010年）
『諦めの哲学』（以文社，2011年）
『西洋近代哲学とその形成』（以文社，2013年）
『カントの批判哲学と自我論』（以文社，2015年）
The Critical Philosophy of Immanuel Kant and His Theory of the Ego（以文社，2015年）
『カント研究の締めくくり』（以文社，2016年）
『増補　カント研究の締めくくり』（以文社，2016年）
『改訂版　諦めの哲学』（以文社，2016年）
『文化の中の哲学をたずねて――諦めの哲学および関連論考』（以文社，2018年）
『カントとその先行者たちの哲学――西洋近代哲学とその形成および関連論考』（以文社，2018年）
『カントに学ぶ自我の哲学――カントの批判哲学と自我論および関連論考』（以文社，2019年）

翻　訳

マックス・シェーラー『超越論的方法と心理学的方法――哲学的方法論の根本的論究』（『シェーラー著作集』14所収，白水社，1976年）

永井荷風に学ぶ諦めの哲学
——諦めの哲学（抄）および関連論考
Nagai Kafu and Philosophy of Resignation

2019年8月1日　初版第1刷発行

著　者　鈴木文孝
発行者　前瀬宗祐
発行所　以　文　社

〒101-0051 東京都千代田区神田神保町 2-12
TEL 03-6272-6536　FAX 03-6272-6538
http://www.ibunsha.co.jp/
印刷・製本：中央精版印刷

ISBN978-4-7531-0354-6